AF198329

Tucholsky Wagner Zola Scott Sydow Freud Schlegel
Turgenev Wallace Fonatne
Twain Walther von der Vogelweide Fouqué Friedrich II. von Preußen
Weber Freiligrath Frey
Fechner Fichte Weiße Rose von Fallersleben Kant Ernst Frommel
Richthofen
Engels Fielding Hölderlin
Fehrs Faber Flaubert Eichendorff Tacitus Dumas
Eliasberg Ebner Eschenbach
Feuerbach Maximilian I. von Habsburg Fock Zweig
Ewald Eliot Vergil
Goethe Elisabeth von Österreich London
Mendelssohn Balzac Shakespeare
Lichtenberg Rathenau Dostojewski Ganghofer
Trackl Stevenson Doyle Gjellerup
Mommsen Tolstoi Hambruch Droste-Hülshoff
Thoma Lenz Hanrieder
Dach Verne von Arnim Hägele Hauff Humboldt
Reuter Rousseau Hagen Hauptmann Gautier
Karrillon Garschin Baudelaire
Defoe Hebbel
Damaschke Descartes Hegel Kussmaul Herder
Wolfram von Eschenbach Dickens Schopenhauer
Bronner Darwin Melville Grimm Jerome Rilke George
Campe Horváth Aristoteles Bebel Proust
Bismarck Vigny Barlach Voltaire Federer Herodot
Gengenbach Heine
Storm Casanova Tersteegen Gilm Grillparzer Georgy
Chamberlain Lessing Langbein Gryphius
Brentano Lafontaine
Strachwitz Claudius Schiller Kralik Iffland Sokrates
Katharina II. von Rußland Bellamy Schilling
Gerstäcker Raabe Gibbon Tschechow
Löns Hesse Hoffmann Gogol Wilde Vulpius
Luther Heym Hofmannsthal Klee Hölty Morgenstern Gleim
Roth Heyse Klopstock Goedicke
Luxemburg Puschkin Homer Kleist
La Roche Horaz Mörike Musil
Machiavelli
Navarra Aurel Musset Kierkegaard Kraft Kraus
Lamprecht Kind Moltke
Nestroy Marie de France Kirchhoff Hugo
Nietzsche Nansen Laotse Ipsen Liebknecht
Marx Ringelnatz
von Ossietzky Lassalle Gorki Klett Leibniz
May vom Stein Lawrence Irving
Petalozzi Platon Knigge
Sachs Pückler Michelangelo Kock Kafka
Poe Liebermann Korolenko
de Sade Praetorius Mistral Zetkin

Der Verlag tredition aus Hamburg veröffentlicht in der Reihe **TREDITION CLASSICS** Werke aus mehr als zwei Jahrtausenden. Diese waren zu einem Großteil vergriffen oder nur noch antiquarisch erhältlich.

Symbolfigur für **TREDITION CLASSICS** ist Johannes Gutenberg (1400 — 1468), der Erfinder des Buchdrucks mit Metalllettern und der Druckerpresse.

Mit der Buchreihe **TREDITION CLASSICS** verfolgt tredition das Ziel, tausende Klassiker der Weltliteratur verschiedener Sprachen wieder als gedruckte Bücher aufzulegen – und das weltweit!

Die Buchreihe dient zur Bewahrung der Literatur und Förderung der Kultur. Sie trägt so dazu bei, dass viele tausend Werke nicht in Vergessenheit geraten.

Die Marzipan-Lise

Friedrich Halm

Impressum

Autor: Friedrich Halm
Umschlagkonzept: toepferschumann, Berlin

Verlag: tredition GmbH, Hamburg
ISBN: 978-3-8424-1194-4
Printed in Germany

Friedrich Halm

Die Marzipan-Lise

Zu Weßprim in Ungarn lebte in den ersten Jahrzehnten des 18. Jahrhunderts kurze Zeit nach dem Abschlusse des Szathmárer Friedens ein Kaufmann, namens Paul Horváth, in Wohlstand und Fülle des Gedeihens. Er besaß vor den Toren der Stadt ein großes Haus mit tiefen Kellern und geräumigen Vorratskammern, die gleichwohl zur Aufbewahrung der Berge von Ballen, Fässern und Kisten, die sie aufnehmen sollten, kaum hinreichten; denn zunächst mit dem Umsatze von Tüchern beschäftigt, die er aus Steiermark und Kärnten bezog, betrieb Horváth nebenbei auch einen ausgebreiteten Handel mit Wein und Getreide. Das Bestreben, sein Geschäft in Schwung zu bringen, und das Bedürfnis, vorteilhafte Handelsverbindungen anzuknüpfen, hatte ihn in frühern Jahren genötigt, sich bald hier bald dort auf Märkten und Messen herumzutreiben und ihn nach Venedig, in das Deutsche Reich, bis nach Holland geführt, so daß die Erziehung seiner einzigen Tochter Creszenzia und die Verwaltung seines verwaisten Haushaltes monatelang der alten Margit, einer Base seiner verstorbenen Frau, überlassen blieb. Später sah er sich dieser Anstrengungen überhoben; sein Ruf wie sein Wohlstand waren fest begründet, und Käufer wie Verkäufer, die er sonst hatte suchen müssen, pochten nun an seine Tür; mit Ausnahme einiger Tage, die er jährlich auf dem Michaelismarkte zu Ofen zuzubringen pflegte, mochte er nun in seinen eigenen vier Pfählen in Bequemlichkeit sein Geschäft betreiben, seine Tochter vom Kinde zur blühenden Jungfrau heranwachsen sehen und in heiterer Behaglichkeit die dem Ungar angeborene Tugend der Gastfreundschaft so glänzend und freigebig üben, als Neigung und Klugheit ihm geboten; denn in jenen Tagen waren bei dem Mangel zureichender Verkehrsmittel und entsprechender Unterkunft die Handelsleute darauf angewiesen, in ihren Geschäftsfreunden auch

5

Gastfreunde zu finden, und in dem Hause des reichen Horváth, unmittelbar an der Straße gelegen, die Ofen mit Grätz und Warasdin verbindet, fehlte es weder an häufigem Zuspruch noch an freundlichem Willkomm.

Eines Tages hatte Horváth einem seiner Gäste auf der Straße nach Stuhlweißenburg bis gegen Palota hin das Geleite gegeben, und fuhr nun in seinem leichten einspännigen Wagen, dies und jenes erwägend, wieder seinem Wohnorte zu. Er ließ eben vorsichtig und bedächtig, wie er war, sein Rößlein eine kleine Anhöhe im Schritt hinangehen und hüllte sich fester in seine Bunda – denn es war ein rauher Herbstabend und aus der Richtung von Vörös-Berény pfiff der Seewind scharf und schneidend vom Balaton herüber, als er an der Einmündung eines Seitenwegs in die Hauptstraße einen jungen Menschen gewahrte, dessen Haltung auf den ersten Blick ebenso entschieden tiefe Erschöpfung und Niedergeschlagenheit ausdrückte, als der Schnitt seiner abgenutzten und staubbedeckten Kleidung ihn als einen Nichtungar kundgab. Er saß hart am Wege auf einem halbversunkenen Grenzsteine; neben ihm lag ein Knotenstock, ein kleines Bündel und sein Käppchen, während seine langen fahlblonden Haare, vom Herbstwinde hin- und hergetrieben, die feinen, gefälligen Züge seines blassen, abgezehrten Antlitzes bald zeigten, bald verbargen und seine graublauen Augen wie in gedankenlosem Trotze trüb' vor sich hinstarrten. –»Da, heb' auf, Junge!« rief Horváth, indem er in die Tasche griff und ihm ein Geldstück zuwarf. Der Bursche fuhr bei dem Anrufe in die Höhe; seine erste Bewegung war auf Flucht gerichtet, die zweite ein hastiger Griff nach seinem Knotenstocke; als er aber das Geldstück gewahrte, schien er sich wieder zurechtzufinden; er ließ den Stock niedergleiten und sank wieder auf den Stein zurück.»Zu wenig zum Leben und zu viel zum Sterben!« sagte er und schleuderte die vor ihm liegende Münze mit einem Fußstoß in den Staub der Straße hinaus. – »Eszem adta!« rief Horváth, indem er die Zügel anhielt, und fügte dann zornig in deutscher Sprache hinzu:»Ist Er ein Millionär? Oder ist Ihm kaiserliche Münze zu schlecht, um sie aufzuheben? Will er Antwort geben, Landstreicher?« Der Jüngling wechselte die Farbe und schoß einen scheuen, stechenden Blick voll feindlichen Ingrimms nach dem Sprechenden; aber er schien Gründe zu haben, sich zurückzuhalten, denn er biß sich in die Lippen und versetzte nach einer Pause mit gepreßter Stimme:»Ich will kein Almosen! Ich will ein Unterkommen, ich will Arbeit finden!«–»Pah, Arbeit,«rief Horváth,»mit den feinen, zarten Händen! Was für Arbeit will er damit verrichten?«Der Jüngling richtete sich empor und erwiderte mit verächtlichem Lächeln und dem sichtlichen Gefühle geistiger Überlegenheit, mit der Feder sei mehr Arbeit zu verrichten, als mit der Holzaxt; er sei des Rechnens und der Buchführung kundig; er spreche und schreibe zwar nicht Ungarisch, aber Deutsch, Welsch und Latein und verstehe sich auch noch auf andere nützliche Dinge. Horváth hörte die zuversichtlichen Worte mit beifälligem Kopfnicken an und warf nach kurzem Besinnen die Frage hin, wie er heiße, was er bisher getrieben und ob er Zeugnisse seines Wohlverhaltens habe? Der Fremde stockte eine Weile, aber bald gesammelt, berichtete er mit geläufiger Zunge, er heiße Franz Bauer, sei aus Wien gebürtig, habe dort bei einem Advokaten serviert, diesen aber verlassen, um sich in der Welt umzusehen; in Fünfkirchen sei er schwer erkrankt und durch Diebstahl seiner Zeugnisse und des besten Teils seiner Habe beraubt worden; gestern sei er über den Plattensee herübergekommen und sitze nun hier und wisse sich nicht Rat noch Hilfe. Horváths Beifallnicken hatte sich während dieses Berichts mehrmals in ein bedenkliches Kopfschütteln verwandelt, aber das gefällige Äußere des Fremden schien seinen einfachen Sinn bestochen zu haben.»Gut,«sagte er endlich,»ich will Ihm für heute nacht Herberge geben und morgen, wenn sich zeigt, daß Er arbeiten kann und will, soll sich auch das Unterkommen finden! Sitz' Er auf!«Und damit rückte er in die Ecke des Wagensitzes, ihm Platz zu machen. Der junge Mann bedachte sich einen Augenblick und musterte mißtrauisch scheu die offenen, ehrlichen Züge des Kaufmanns; dann warf er Bündel und Knotenstock in das Korbgeflecht am Hinterteil des Wagens und schwang sich an Horváths Seite, der nun sein Rößlein die Anhöhe hinunter rasch auf Weßprim zutraben ließ.

Am nächsten Morgen, als Horváth dem jungen Manne zur Probe eine der vielen Rechnungen vorlegte, die zu seiner großen Verlegenheit durch den vor einigen Wochen erfolgten Tod seines Buchhalters in Unordnung geraten waren, zeigte sich bald, daß Franz Bauer den Verstorbenen nicht nur an Richtigkeit und Auffassung, Gewandtheit und Scharfsinn, sondern auch an Kenntnissen weit übertraf, so daß Horváth sich auf der Stelle der Dienste des jungen Mannes zum Abschluß der unvollendeten Rechnungen und zur Aufarbeitung der in Briefwechsel und Buchführung erwachsenen Rückstände versicherte. Die Lösung dieser Aufgaben konnte beiläufig sechs Wochen in Anspruch nehmen; allein der Eifer, den Franz in der Erfüllung der übernommenen Pflichten bewährte, und die Leichtigkeit, mit der er die verwickeltsten Geschäfte gleichsam spielend bewältigte, ohne daß seine Arbeiten dabei an Gehalt und Genauigkeit auch nur im mindesten verloren hätten, machten ihn seinem Dienstgeber bald ganz unentbehrlich.

Schon nach Verlauf eines Monats schlug Horváth dem neuen Hausgenossen vor, die Stelle seines Vorgängers mit allen damit verbundenen Ehren und Genüssen bleibend einzunehmen und legte ihm die Annahme seines Antrages so nahe, daß es dem jungen Manne ein Leichtes gewesen wäre, durch scheinbare Weigerung auch noch höheren Ansprüchen Geltung und Gewährung zu verschaffen. Allein Franz war zu klug, um für einen kargen Gewinn in der Gegenwart vielleicht für alle Zukunft an Gunst und Vertrauen verlieren zu wollen. Er nahm Horváths Antrag als unverdiente Huld und Ehre demütig-dankbar an und pries sich hochbeglückt, fortan dauernd einem Hause angehören zu dürfen, dessen Mitglieder ihm insgesamt mit so freundlichem Wohlwollen, so herzlicher Teilnahme entgegen kämen.

Der Schreiber Ferencz, wie er nun nach seiner Beförderung genannt wurde, war wirklich in kürzester Zeit der Liebling aller Hausgenossen geworden. Schon in den ersten Tagen nach seiner Ankunft hatte er allmählich den menschenscheuen, argwöhnisch-finstern Trotz, mit dem er zuerst aufgetreten war, gegen ein sanftes, leidendes Wesen, gegen eine stille, schüchterne Freundlichkeit und das rührende Bestreben vertauscht, jedermann in jedem Wunsche zuvorzukommen und allen Dienste zu leisten, ohne je welche für sich in Anspruch zu nehmen. Die Regentin des Hauses, die alte Margit, wußte er durch seine ungewöhnliche Frömmigkeit, durch die laute Anerkennung der Vortrefflichkeit ihrer Haushaltung, vor allem aber durch die dankbare Bereitwilligkeit einzunehmen, mit der er bei seinen häufig wiederkehrenden Augenleiden die unerschöpfliche Fülle ihrer Heilmittel über sich ergehen ließ; die Knechte des Hauses machte er sich teils durch kleine Geschenke, teils durch die Wärme geneigt, mit der er ihre Bitten um Urlaub oder Zulage bei ihrem Dienstherrn befürwortete; die Mägde aber bestach er durch freundliches Grüßen, bescheidenes Lobpreisen ihrer Reize und durch die schwermütig klagenden Töne, die er in schönen Mondnächten, am Brunnenrande hingelehnt, seiner Flöte zu entlocken wußte. Czenczi, die Tochter des Hauses, war es, der er sich von allen zuletzt, aber nicht minder erfolgreich, näherte.

Das erste Auftreten Ferencz' hatte einen abstoßenden Eindruck auf das siebzehnjährige, einfach schlichte Mädchen gemacht; es war ihr unheimlich in seiner Nähe, sie fürchtete sich vor dem starren Blicke seines hellblauen Auges, aber die Lobeserhebungen des Vaters, das gefällige Äußere, das feine Wesen des jungen Mannes verwischten bald diesen ersten Eindruck; die Berichte der Mägde und der Base Margit von der Niedergeschlagenheit, dem sichtlichen Kummer des armen Schreibers gewannen ihm allmählich in demselben Maße ihre Teilnahme, als die von allen Seiten gepriesene Fülle seiner Kenntnisse ihre beneidende Bewunderung erregte. Bei allem Reichtum Horváths war nämlich der Unterricht, den Czenczi in jenen Tagen in einer Landstadt Ungarns empfangen konnte, weit hinter den Wünschen des Vaters wie der Tochter zurückgeblieben; vor allem war ihre Kenntnis der deutschen Sprache äußerst mangelhaft, und diesen Umstand wußte Ferencz zu benutzen, um auch nach dieser Seite hin seine Stellung zu befestigen. Sein Anerbieten, ihr in seinen freien Stunden in dieser Sprache Unterricht zu erteilen, wurde von Horváth mit Beifall, von Czenczi mit Entzücken angenommen, ja diese letztere bestand darauf, ihrem Lehrer dafür die Elemente der ungarischen Sprache beizubringen. Der wechselseitige Unterricht begann und wurde von den jungen Leuten, die sich anfangs nur notdürftig verstanden, mit so ungewöhnlichem Erfolge fortgesetzt, daß Czenczi schon nach einigen Monaten der Base unter dem Siegel der Verschwiegenheit vertrauen konnte, daß die Braut des armen Ferencz ihn treulos verlassen und einen andern geheiratet habe; daß er darüber verzweifelnd in die weite Welt gegangen und erst jetzt wieder so weit sei, der Stimme der Vernunft Gehör zu geben und Trost anzunehmen; ein Bericht, der, mit seltsamer Unruhe und häufigem Erröten vorgetragen, eine weltkundigere Zuhörerin als die alte Margit über die Person der Trösterin und die Art und Weise der Tröstung wohl kaum in Zweifel gelassen hätte.

Indessen hatten die raschen Fortschritte des Schreibers Ferencz in der Gunst der Hausgenossen dem Glücklichen im stillen einen Feind erweckt, der allmählich hervortretend ihn aus der siegreich eingenommenen Stellung wieder hinauszudrängen oder ihm doch die Ausbeutung derselben bedeutend zu erschweren drohte. Dieser Feind war Antal, der Schaffner des Hauses.

Sei es, daß Ferencz ihn zu geringer Aufmerksamkeit gewürdigt hatte, oder konnte Antal, aus der Marmarosch gebürtig und ein Ungar mit Leib und Seele, es nicht verschmerzen, dem verhaßten »Schwaben« eine Stelle vertraut zu sehen, zu deren Übernahme er selbst früher sich unfähig bewiesen hatte, genug, er scheute keine Mühe, jedem Schritt des Schreibers nachzuspüren, und es gelang ihm auch mit dem Scharfblicke des Hasses Bemerkungen zu machen, die, vergiftet durch die Folgerungen des Argwohns und mit der Beredsamkeit der Mißgunst verbreitet, allerdings geeignet waren, seinem Gegner Verlegenheiten aller Art zu bereiten. Vor allem wußte Antal hervorzuheben, daß die Duplikate der Zeugnisse, die dem Schreiber zu Fünfkirchen gestohlen worden, von Wien nicht eintreffen wollten, wobei er nicht verfehlte, zugleich auf den seltsamen Umstand hinzuweisen, daß die heftigen Anfälle von Kopfgicht und Augenleiden, denen der Schreiber unterworfen war, und die ihn jedesmal nötigten, sein Antlitz mit Binden und Schirmen aller Art zu umhüllen, ihn fast regelmäßig an den Tagen heimzusuchen pflegten, an denen Handelsfreunde des Herrn aus Steiermark oder Kärnten im Hause zu Gaste wären; ja, er behauptete, Beweise in Händen zu haben, daß Ferencz die Augenwässer, Salben und Kräutersäckchen der Base Margit, wie sehr er deren Heilkraft auch rühme, meist ungebraucht, wie er sie empfangen, beiseite werfe.

Aber auch noch von anderer Seite her bemühte sich Antal, den beneideten Günstling ins Gedränge zu bringen, indem er ganz unverhohlen sein Erstaunen, ja seine Entrüstung äußerte, daß ein so gewiegter, weltläufiger Mann wie Herr Horváth, seine einzige Tochter und Erbin mit einem von der Straße aufgelesenen, so ganz »unvorhergesehenen« Menschen, wie der Schreiber wäre, stundenlang in einer Sprachen verkehren lasse, die den übrigen Hausgenossen mehr oder weniger unverständlich sei; soviel wäre wenigstens gewiß, daß die Wangen Czenczis nach solchen Zusammenkünften mit dem schönsten Scharlachtuch in dem Warenlager ihres Vaters an Farbenpracht wetteifern könnten, während Ferencz, wenn er seine Schülerin verließe, nicht anders einhergehe, als sollte er nächstens Palatin oder gar König von Ungarn werden. Solche Äußerungen pflegte er mit häufigem Kopfschütteln und bedauerndem Achselzucken zu begleiten, oder sie mit einigen Sprichwörtern, als:»Der Bock tauge nicht zum Gärtner«,»Fette Bissen wären leicht verschlungen« und»Gelegenheit mache Diebe«, zu beschließen, und so laut und so unablässig wiederholte er aller Orten diese und andere Redensarten, daß sie endlich auch zu Horváths Ohren drangen. Dieser jedoch, durch Antals Benehmen über alles Maß hinaus verletzt und aufgebracht, stellte sich mit höchster Entschiedenheit auf die Seite des verdächtigten Ferencz und wies laut und öffentlich alle gegen ihn gerichteten Beschuldigungen als schändliche Verleumdungen von sich. Ferencz hatte seinem Dienstherrn in der Gegenwart zu schlagende Beweise seiner Uneigennützigkeit und Redlichkeit gegeben, als daß dieser an dessen Rechtlichkeit in der Vergangenheit hätte zweifeln können. Ebenso widersinnig erschien dem leichtsinnig gutmütigen, in das Wesen der Dinge selten tief eindringenden Manne die Annahme, seine Tochter können sich mit einem solchen hergelaufenen wildfremden Menschen in einen Liebeshandel einlassen.

Weit entfernt, durch Entlassung des Schreibers jede Möglichkeit der Fortdauer eines solchen Verhältnisses abzuschneiden, besorgte er vielmehr, eben dadurch einesteils den von Antal verbreiteten Gerüchten einen Anschein von Begründung zu geben, andernteils sich selbst ohne Not eines vortrefflichen, nicht leicht zu ersetzenden Arbeitsgehilfen zu berauben. Um Czenczis Ruf vor Verleumdung sicherzustellen, erschien es ihm genügend, den jungen Leuten die Fortsetzung des wechselseitigen Unterrichts zu untersagen, und so unterbrach er eines Tages die Lehrstunde, wies den Schreiber dahin zurück, wohin er gehöre, nämlich in die Schreibstube zu seinen Büchern, verbot seiner Tochter allen ferneren Verkehr mit dem flötenspielenden Betteljungen, legte dem mit Entlassung bedrohten, in tiefster Zerknirschung um Gnade flehenden Antal ewiges unverbrüchliches Stillschweigen auf, und alles war abgetan. Die jungen Leute, die erst ganz vernichtet schienen, fanden sich, ehe man es erwarten konnte, in den ihnen aufgelegten Beschränkungen zurecht, und gaben sich, wenn nicht heiter, doch gefaßt und ruhig; Antal knurrte und murrte innerlich, ballte die Fäuste in der Tasche und fletschte die Zähne gegen die Wand, und Horváth, dem keine Verdächtigung weiter zu Ohr kam und der nichts Ungebührliches mehr bemerkte, ließ allgemach die Dinge, die er glücklich in das richtige Geleise gebracht zu haben glaubte, wieder ruhig nach wir vor ihren Gang nehmen.

So waren zwei Jahre verflossen; ein schöner Herbst lag über dem Lande, und ich wenig Tagen sollte der Michaelimarkt zu Ofen beginnen, den Horváth jährlich zu besuchen pflegte. Zwei Frachtwagen mit feinen Tüchern waren auch diesmal schon dahin abgegangen und der Kaufmann gedachte ehestens seiner Ware nachzufolgen. Es war Mittag; den Schreiber hatte Horváth Gelder einzukassieren ins Kloster nach Bakony-Bél gesandt, und er selbst kramte unter Papieren und Warenmustern, als Antal, der Schaffner, in die Schreibstube trat und die Anrede des Herrn erwartend, demütig an der Tür des Gemachs stehen blieb. Antal hatte vor einigen Wochen eine für seine Verhältnisse nicht unbedeutende Erbschaft gemacht und infolgedessen Herrn Horváth seine Dienste gekündigt, um in seiner Heimat selbst einen Kramladen zu eröffnen. Seine Dienstzeit war abgelaufen, das Wägelchen, das ihn heimwärts führen sollte, stand vor der Tür, und er war nun gekommen, Abschied von dem

Manne zu nehmen, der ihm durch zehn Jahre ein mitunter unge-
bärdiger und auffahrende, aber bei alledem ein wohlwollender und
freundlicher Herr gewesen. Horváth hatte die Feder weggelegt und
war auf den nicht eben mehr jungen, aber von Kraft und Gesundheit strotzenden Burschen zugeschritten, der durch ein seltsames
Zucken in seinen offenen Zügen und durch ein krampfhaftes Dre-
hen des wohlgewichsten Schnurrbarts unverkennbar heftige innere
Bewegung verriet. Als nun Horváth in gewohnter Gutmütigkeit die
Hand auf seine breite Schulter legte, ihm für die guten Dienste, die
er ihm geleistet, für Redlichkeit und Treue, die er ihm durch lange
Jahre bewiesen, freundlich dankte und bedauerte, daß er trotz aller
Abmahnungen, statt in seinem Hause bessere Tage abzuwarten,
sich in so mißlicher Zeit auf seine eigenen Beine stellen und sein
Glück im Handel versuchen wolle, da rollten große Tränen über
Antals braune Wangen. »Herr,« stieß er schluchzend heraus, »ich
weiß, es kann mein Unglück sein, daß ich gehe und gewiß werde
ich's nirgends mehr so gut haben, als ich's bei Euch hatte, aber ich
muß fort! Gott straf mich; weil ich zur Unzeit Ungebührliches ins
Blaue hineinschwatzte, darf ich nun zur rechten Zeit das Notwen-
dige nicht sagen, und zusehen kann ich auch nicht mehr, oder mir
drückt es das Herz ab!« – »Was sieht Er denn,« rief Horváth, den
die Erschütterung des Burschen anzustecken begann, »und warum
muß er es verschweigen?« – »Ich muß! Ich muß!« versetzte Antal,
indem er sich mit der mächtigen Hand vor die Stirn schlug, »ich
habe im Zorn meine Seele dem Teufel verschworen, wenn noch ein
Wort über meine Lippen käme, das einen hier im Haus beträfe; ich
darf nur eins,« fuhr er fort, indem er die Hände faltete, »bitten, bitten darf ich Euch, macht die Augen auf und sehet den Weg, den Ihr
geht! Schafft Rat, da es noch Zeit ist! Denkt nach, warum der hübsche Kis Sándor zu jung und der wackere Barna Lálßó zu alt war,
Euer Schwiegersohn zu werden! Denkt nach, nehmt Euer Herz in
die Hand und Gott – segne Euch!« und damit küßte er schluchzend
dem Herrn die Hände und den Saum des Kleides und fuhr zur Tür
hinaus.

Horváth stand betroffen und von Staunen und ungewisser Angst
wie gelähmt; als er, wieder zur Besinnung gekommen, Antal nach-
eilte, war dieser längst auf sein Wägelchen gesprungen, hatte mit
Zunge und Peitschenknall das Gespann angetrieben und flog von

Staubeswirbeln umhüllt in echt ungarischem rasenden Jagen der Heimat zu.

Spät am Abend desselben Tages, als die Dämmerung längst hereingebrochen war, kehrte der Schreiber Ferencz in einen Szür eingehüllt, einen schweren Geldsack unter dem Arm, von Bakony-Bél zurück. Die heller als gewöhnlich durch das Küchenfenster herleuchtende Flamme des Herdfeuers und ein ihm unbekannter Knecht, der ein paar sichtlich ermüdete Rosse pfeifend im Hofe herumführte, damit sie langsam sich abkühlten, ließen ihn bald gewahren, daß ein Gast im Hause wäre. Er stand eine Weile unschlüssig unter dem Torweg; als er aber später den Burschen, die Pferde in den Stall weisend, ein lustiges »Schnadahüpfl« anstimmen hörte, stampfte er unmutig mit dem Fuße und wandte sich dann hastig einem dunklen Gange zu, der vom Torwege zur Küche führte. Das Rasseln und Klirren eines mächtigen Schlüsselbundes und trippelndes Pantoffelklappern verkündete ihm bald die Bähe der Base Margit, die er eben suchte und die er demütig mit einem Handkuß begrüßend um die Gefälligkeit ersuchte, den Geldsack an seiner Statt dem Herrn zu überbringen und ihm zu sagen, seine Aufträge seien ausgerichtet; denn ihn habe wieder sein Kopfrheuma gepackt, er fröstle und wolle zu Bett!»Ei wo denkt Er hin, mein Sohn,« versetzte die Alte.»Er will nicht zum Abendessen kommen, und wir haben Besuch, den Herrn Steidler, den reichen Hammerherrn aus Mürzhofen, der nach Ofen zum Markte will! Und ich sollte dem Herrn den Geldsack bringen und mich ausschelten lassen, wenn ich ihm die Auskünfte nicht geben kann, die er verlangt? Zu Bette gehen! Zu Tische soll Er gehen und sich zusammennehmen, wie es einem jungen Burschen geziemt, das soll Er!« Auf diese und ähnliche Vorstellungen erwiderte Ferencz in kläglichem Tone, er leide heute mehr als je, er wolle lieber glühende Eisen anfassen, als nur den Kiefer bewegen, dabei träne sein Auge wie ein lecker Eimer und empfinde jeden Lichtstrahl wie einen Nadelstich! Die Alte aber meinte, er solle sich mit ihrem Wunderwasser waschen, den Kopf einbinden und den Lichtschirm nehmen, so werde es ihm nicht ans Leben gehen. Er solle an das Gerede der Leute denken, und wie ungern eben darum der Herr sein Wegbleiben vom Tische sähe, wenn Gäste da wären; zudem sei er mittags fortgewesen und der Czenczi würde es leid tun, wenn sie auch abends ihn nicht sehen sollte! Sei es nun, daß diese letzte Rücksicht den jungen Mann überredete, oder gab Herr Horváth den Ausschlag, der eben seinen Gast zu Tische geleitend, am oberen Treppenrande vorbeikam und in den Flur hinabrief, was es gäbe und ob der Schreiber noch nicht zurück wäre? Genug, er erwiderte auf den Anruf, er sei zurück und werde gleich Rapport erstatten, worauf er hastig in sein Stübchen sprang, um, wie er der Base Margit zuflüsterte, vorerst ihre ärztlichen Vorschriften zu befolgen.

Die Mahlzeit hatte bereits begonnen, als Ferencz ein Tuch um die Backen geschlungen und einen Schirm über die Augen gezogen, in die Stube trat, und sich dem Herrn des Hauses näherte, der das obere Ende eines Tisches in einer ernstern und nachdenklichern Stellung einnahm, als er sonst bei dem Empfange lieber Gäste zu zeigen pflegte. Horváth warf einen verdrießlichen Blick auf den Schreiber, nahm seinen Bericht mit stummem Kopfnicken entgegen, winkte ihm, sich an seinen Platz am untern Ende der Tafel zu begeben und wandte sich dann wieder zu seinem Gaste, währen Czenczi mit einem Blicke der Freude und des Bedauerns dem Verspäteten zunickte. Das Tischgespräch erging sich lange Zeit in Klagen über die mißlichen Ergebnisse der Ernte und in Vermutungen über den Einfluß derselben auf die Warenpreise des bevorstehenden Marktes, um sich dann den Witterungsverhältnissen zuzulenken, die einen regnerischen Hochsommer mit einem anhaltend schönen hellen Herbste zu vergelten versprachen. Diese Wendung des Gesprächs gab dem Gaste Anlaß, auf die grundlos schlechten Wege zurückzukommen, die er von Steinamanger bis über Sárvár hinaus gefunden, und die ihm wenigstens zwei Stunden Aufenthalt verursacht hätten! »Übrigens,« setzte der ganz verständige, nur etwas umständliche Mann hinzu, »übrigens hätten mich meine Schimmel doch noch vor dem Abenddunkel hierhergebracht, hätte ich nicht heute früh mit dem armen Sünder zu viel Zeit versäumt!« – »Mit welchem armen Sünder?« fragte Horváth, und Steidler, die allgemein sich kundgebende Neugier zu befriedigen, berichtete nun in seiner breiten Redeweise, wie ein Tischlergeselle zu Steinamanger vor zwei Jahren seinen Meister erschlagen, aber allen Verdacht abzulenken gewußt, sich später auf die Wanderschaft begeben und auch sein gutes Fortkommen gefunden hätte, vor drei Wochen aber, von der nie ruhenden unerträglichen Folter des Gewissens getrieben, plötzlich nach Steinamanger zurückgekehrt wäre, um sich selbst als den Mörder seines Dienstherrn dem Gerichte zu überliefern, worauf er denn am heutigen Tage bereuend und mit Gott versöhnt zur höchsten Erbauung der tieferschütterten Menge sein Verbrechen auf der Richtstatt mit dem Leben gebüßt hätte.

Steidlers Bericht war nicht ohne Wirkung auf seine Hörer geblieben, dafür bürgte die tiefe Stille, mit der er aufgenommen wurde und die ihm folgte. Horváth war es, der sie zuerst unterbrach. »Ja,« sagte er mit nachdrücklicher und bewegter Stimme, »Gott weiß jeden zu finden, und nichts,« fuhr er fort, indem er einen ernsten und forschenden Blick auf die jungen Leute warf, »nichts ist so fein gesponnen, es kommt zuletzt ans Licht der Sonnen!« Der Eindruck, den diese ziemlich scharf betonte Bemerkung machte, war ein sehr verschiedener: auf Czenczis Wangen rief sie dunkle Röte hervor, Ferencz dagegen, der stumm und gleichgültig wie zuvor mit vor ihm liegenden Brotkrumen spielte, schien sie gar nicht zu beachten, während Herr Steidler nachdenklich den Kopf schüttelte und sie mit diesen Worten erwiderte: »Ja, die Leute sagen so! Aber es kommt nicht alles ans Licht der Sonne! Ich selbst weiß von einem Fall zu erzählen, von einer schauerlichen Mordtat, die sich vor etwa dritthalb Jahren begeben, ohne daß seither auch nur eine Spur des Mörders entdeckt worden wäre!« – »Ei was,« versetzte Horváth ärgerlich, denn ihm war, als sähe er die Lippen des Schreibers spöttisch zusammenzucken, »es ist nicht aller Tage Abend! und kann nicht eine Stunde entdecken, was dritthalb Jahre verschwiegen blieb? Wenn ihn auch die Menschen nicht erreichen, Gott weiß seinen Mann zu finden, dabei bleibe ich! Aber laßt uns doch die Geschichte hören, deren Ihr eben gedachtet! Noch ein Glas Somlyóer, werter Herr Steidler; dem Wein dürft Ihr trauen, er ist eigenes Baugut und vom besten Jahrgang, und nun gebt uns Eure Mordtat zum besten!« Horváth hatte während dieser Worte die Gläser gefüllt, und Steidler, der vergebens vorstellte, daß jener Vorfall an und für sich nicht besonders spannend und nur vielleicht für jene, welche die beteiligten Personen gekannt, merkwürdig wäre, fügte sich endlich dem Andringen seines freundlichen Wirtes und begann folgendermaßen seine Erzählung: »Ihr müßt wissen,« sagte Steidler, »daß mich meine Geschäfte mehr als einmal des Jahres nach Bruck führen, einem hübschen Städtchen, das einige Meilen von meiner

Heimat am Zusammenfluß der Mürz und der Mur gelegen ist. Ich pflege dort beim Kreuzwirt Herberge zu nehmen und habe mich, seit Jahren ein Stammgast des Hauses, unter seinem Dache immer so wohl besorgt und aufgehoben gefühlt wie nur am eigenen Herd.

Eines Tages, es mögen nicht ganz drei Jahre sein, gegen Abend ankommend, finde ich jedoch das Haus von oben bis unten erleuchtet, Gänge und Treppen von Menschen wimmelnd und vor dem Hause ein Gewirr ineinandergefahrener Wagen, daß ich nur mit Mühe an den Torweg gelangen konnte. Kreuzwirt, sagte ich absteigend, Euer Haus sieht heute nicht anders aus als die leibhaftige Arche Noah, da werde ich denn wohl rechtsum machen und im Brauhaus einsprechen müssen! Der aber krummbuckelt und entschuldigt sich, die Schützengilde feiere heute unter seinem Dach einen Ehrenschmaus, dem ein Tanz folgen sollte; die Stube, die ich gewöhnlich einnehme, diene als Bankettsaal, aber für mich hätte er immer Unterkunft; er würde mir, wenn ich es nicht übelnehmen wolle, eine hübsche Kammer im Hinterhause einräumen und an Aufmerksamkeit und schuldiger Rücksicht für meine Bequemlichkeit solle es nicht fehlen! Was war zu tun? Im Hause war ich einmal und im Handumdrehen sah ich mich eine Hintertreppe hinauf in die verheißene Kammer geschoben, die denn auch wirklich ganz bequem und so abgelegen war, daß ich darin ungestört von dem Gestampfe der Tanzenden und dem Geschwirre der Musik ganz ruhig und behaglich die Nacht zubrachte.

Es war hellichter Tag, als ich erwache, mich in die Kleider werfe und das Fenster öffne, um ein Viertelstündchen frische Luft zu schöpfen, wie dies im Sommer und Winter, bei Sonnenschein wie Schneegestöber mein Gebrauch ist. Das Fenster der Kammer ging in ein Gäßchen, das ich, sooft ich auch durch Bruck gekommen, niemals bemerkt, noch weniger betreten hatte. Mir gerade gegenüber lag ein altertümliches, wettergeschwärztes Haus mit hohem Giebel und unter dem Spitzbogen der Haustür, zu der einige Stufen hinaufführten, sah ich zwei Personen in eifrigem Gespräch begriffen, deren Vertraulichkeit bei der großen Verschiedenheit ihres Alters und ihrer bürgerlichen Stellung meine Aufmerksamkeit erregte. Die eine der beiden Personen nämlich, ein junger Mann in zierlicher, blonder Stutzperücke, in einem anständigen braunen Tuchkleide und geflammten Seidenstrümpfen, gehörte unzweifelhaft zu den

Honoratioren der Stadt, während das Frauenzimmer, das den Abschiednehmenden bis zur Haustür begleitet zu haben schien, in Tracht und Haltung nur wie eine gewöhnliche Bürgerfrau aussah. Sie war alt und überaus häßlich; die kleinen stechenden Augen und das spöttische Grinsen des zahnlosen Mundes gaben dem gelben runzlichten Gesichte einen widerlich hämischen Ausdruck, den das wirre graue Haar, das unter der schwarzen Drahtflügelhaube hervorhing, nicht zu mildern vermochte. Die kleine hagere Gestalt war mit einem etwas abgenützten Kleide von schwarzem Kamelott und einem mit verschossenem Samtband besetzten Halbmäntelchen von demselben Stoffe angetan, aus dessen Armschlitzen ihre dürren Hände mit den gichtgekrümmten Fingern wie Adlerklauen hervorsahen. Dazu trug sie baumwollene schlechte Strümpfe, grobe Schuhe, Zinnschnallen, ein grellgelbes Halstuch und eine feuerfarbene Schleife auf der Drahthaube; kurz und gut, nur der Besen fehlte, so war die Hexe fertig.«

»Ach, du dreieiniger Gott!« stöhnte Base Margit, indem sie sich bekreuzigte; Czenczi aber schlug die Hände vors Gesicht und rief: »Gott behüt' uns, mir ist, als sähe ich es vor mir stehen, das häßliche Weib!«

»Denkt Euch nun mein Erstaunen, werte Jungfer,« fuhr Herr Steidler fort, »Als ich plötzlich den jungen hübschen Mann die dürren, krummen Knochenfinger der Alten erfassen und mit einer Andacht und Inbrunst küssen sah, als wäre sie eine kaiserliche Prinzessin und Ausbund aller Schönheit! Alle Wetter, sagte ich zu mir selbst, mit welchem Halfter sind die zwei Leute zusammengekoppelt? Und da eben der Kreuzwirt mit der dampfenden Weinsuppe, meinem Frühstück, in die Stube tritt, winke ich ihn zu mir heran und frage ihn, wer die Zwei wären? Ei, sagte der, ans Fenster tretend, das ist die Marzipan-Lise, und da ich neugierig wiederhole: die Marzipan-Lise? berichtete er, die Alte wäre die Witwe eines reichen Lebküchlers, nach dessen Tode sie jedoch sein Geschäft aufgegeben, um ein minder süßes, aber bei weitem einträglicheres zu betreiben; sie leihe nämlich auf Pfänder, drücke ihren Schuldnern wucherische Zinsen ab, verkaufe ihnen Haus und Hof und wenn die armen Leute dann ihre Hartherzigkeit verfluchten, pflegte sie zu sagen, wenn sie nur ihr Geld habe, das andere wäre ihr Marzipan, welcher Redensart sie denn auch ihren Spitznamen verdanke. Sie wäre nun an die Siebzig, besäße zwei Häuser zu Bruck, drei Häuser zu Grätz, und auch sonst noch Grundstücke, Weingärten und scheffelweise Geld, aber nicht Kind noch Kegel und kein Mensch wisse, wem nach ihrem Tode all der Reichtum zufallen werde. Und da der junge Mann, sage ich darauf, wer ist er, und macht er der Alten den Hof und will er sie etwa heiraten? Worauf der Kreuzwirt lachte und meinte, die Alte wolle der nicht, nur ihr Geld; denn er wäre armer Leute Kind und hätte sich durch Fleiß und Geschicklichkeit, vorzüglich aber durch die Gunst der Weiber emporgearbeitet, mit denen er als ein hübscher, pfiffiger Bursche gar gut umzugehen wisse, so daß er jetzt Registrant im Magistrat und sehr beliebt bei Rat und Bürgerschaft wäre; nur der Herr Lamprechter, der Kaufmann auf dem Markte, sei ihm nicht grün, weil er der Nani, seiner einzigen Tochter, nachgehe, die um seinetwillen schon frei Freier und darunter den Syndikus der Stadt abgewiesen habe. – Da ich aber meine Frage wiederhole, was denn doch wohl der Herr Registrant mit der boshaften Alten wolle, sagte der Kreuzwirt: Nun, er ist ihr Mietsmann, und seit er in ihr Haus gezogen, hätschelt und pflegt er die Alte, besorgt ihre Geschäfte, redet ihr in aller Weise zu Gehör und alles das in der Hoffnung, sie werde ihm ein tüchtig Stück Geld hinterlassen, damit er nach ihrem Tode die Lamprechter Nani heiraten könne. Es solle auch, setzte der Kreuzwirt hinzu, schon alles in Richtigkeit sein; ja der Registrant behaupte sogar, er selbst habe der Alten auf ihr Verlangen den Entwurf zu einem Testamente aufsetzen müssen, in dem sie ihn zu ihrem Universalerben erklärte; die Alte dagegen wolle es nicht Wort haben, sie lächle boshaft, wie sie pflege, wenn sie darüber zur Rede gestellt werde, und meine, es sei nicht alles Gold was glänze; es gäbe wohl noch Tauben auf dem Dache, aber darum stäken sie noch nicht am Spieße, und manche Henne auf ihrem Ei wisse nicht, was sie ausbrüte, und dergleichen Dinge mehr, so daß im Grunde doch niemand recht wisse, welchen Ausgang die Geschichte nehmen werde! – Während dieser und anderer Reden war im Gäßchen unten der Registrant seine Wege gegangen und der alte Drache in seine Höhle zurückgeschlüpft, und ich -«

Hier hielt der Erzähler inne, denn einer seiner Zuhörer hatte in dem Bestreben, sich leise zu erheben und seinen Stuhl recht unbemerkt zurückzuschieben, mehr Geräusch verursacht, als dies vielleicht bei minderer Vorsicht der Fall gewesen wäre. Es war der Schreiber Ferencz, der nicht wenig verwirrt schien, die allgemeine Aufmerksamkeit durch diese Störung so ausschließlich auf sich gezogen zu haben. Erst auf den wiederholten Anruf Horváths, was es gäbe, stammelte er die Entschuldigung hervor, auf dem Platze, den er bisher eingenommen, verletze das grelle Kerzenlicht seine leidenden Augen und er gedächte sich daher in die dunkleren Räume der Stube zurückzuziehen.»Seh' Er nur lieber gleich zu Bette; kranke Leute taugen nicht zu gesunden!« gab ihm Horváth rauh und hart zur Antwort, worauf aber Ferencz nach kurzem Besinnen mit unsicherer Stimme erwiderte, er wollte nichts von der anziehenden Erzählung des Herrn Steidler verlieren und daher, wenn es ihm vergönnt wäre, auf der Bank hinter dem Ofen Platz nehmen! – »Auch gut, krieche Er hinter den Ofen,« brummte Herr Horváth; gleich darauf aber Czenczis Erbleichen und Erröten, ihre besorgten Blicke, die schlecht verhehlte Unruhe gewahrend, mit der sie den Bewegungen des Schreibers folgte, rief er, mit der derben Faust auf den Tisch hinschlagend, daß Flaschen und Gläser klirrten: »Kreuz – schwere Not! Rühre dich, Mädel! Das Glas des Herrn Steidler ist leer! Schenk ein und präsentiere ihm den Kuchenteller! Donnerwetter, paß auf!« Während Czenczi zusammenfuhr und so rauher Mahnung ungewohnt, zitternd die Aufträge des Vaters erfüllte, hatte dieser, seinen Unmut unter einer scherzenden Miene verbergend, sich wieder zu seinem Gaste gewandt und ihn aufgefordert, nach dieser unliebsamen Unterbrechung den Faden seiner Erzählung wieder aufzunehmen.

»Liebenswertester Freund,« begann Herr Steidler, »ich habe Euch wohl vorausgesagt, daß an jenem Vorfall, von dem ich Euch durchaus berichten sollte, nicht eben viel Merkwürdiges wäre; Ihr habt mir aber nicht glauben wollen; erstaunt also nicht, wenn ich an den Anfang meiner Geschichte statt ihrer Fortsetzung, die Ihr erwartet und begehrt, gleich unmittelbar ihr Ende knüpfen muß. Nachdem ich nämlich auf die Art und Weise, wie ich eben berichtet, die Marzipan-Lise und ihren Mietsmann kennengelert hatte, ging ich meinen Geschäften nach und kehrte dann in meine Heimat zurück, ohne von jenen beiden weiter zu hören, oder ihrer auch nur von ferne zu gedenken. Nach etwa sechs Wochen hatte ich wieder eine Geschäftsreise nach Bruck anzutreten und diese Gelegenheit benützte ich, einen Freund auf einem von Bruck kaum eine halbe Stunde entfernten Hammerwerke zu besuchen; dort abgestiegen, wurde ich nicht mehr fortgelassen; ich mußte bei meinem Freunde übernachten und setzte erst ziemlich spät morgens meine Reise wieder fort.

»Ich wußte, daß an jenem Tage zu Bruck der Wochenmarkt abgehalten werde und gedachte von diesem Umstande zur Besorgung mancher notwendiger Einkäufe Nutzen zu ziehen; ich war daher nicht wenig erstaunt, als ich bei meiner Ankunft zu Bruck zwar den Marktplatz mit Waren aller Art bedeckt, aber weder Käufer noch selbst Verkäufer, nur einige Kinder und alte Weiber, die Waren zu behüten, zur Stelle fand. Vor dem Kreuzwirtshause angelangt sah ich weder Hausknecht noch Kellnerin herzuspringen, noch schwenkte mir der Kreuzwirt sein grünes Samtmützlein entgegen, dagegen bemerkte ich an der Ecke des Hauses ein Knäuel von Menschen, den immer neuer Zulauf vermehrte. Dies erregte meine Neugier; ich schritt auf das Gewimmel zu und hatte kaum einige Schritte getan, als ich den Kreuzwirt erkannte, der mit zuwinkte und schrie: Hierher, nur hierher, kommt nur, Herr Steidler! – Kreuzwirt, sagte ich, als ich ihn endlich erreicht hatte, beißt Euch das Mäuslein, daß Ihr hier Maulaffen feil habt? Gibt's Feuer oder ist sonst ein Unglück geschehen? – Der aber, ganz erhitzt und verwirrt meiner Worte nicht achtend, schnaubt mir entgegen: Wollt Ihr sie sehen? Ich führe Euch hin, wenn Ihr sie sehen wollt! – Potz Hammer und Amboß! rufe ich, wer oder was ist denn zu sehen? – Was zu sehen ist? war die Antwort, nun die Marzipan-Lise, nach der Ihr letzthin fragtet! Kommt nur mit! Eben ist der Syndikus hinein und die Herren vom Rate! – Und ohne mir weiter Auskunft zu geben, faßte er mich beim Arm, rief mit barscher Stimme der vorwärtsdrängenden Menge ein: Platz da! Vorgesehen! zu, und zog mich, mit breiten Schultern und derben Fäusten mir Luft machend, in das Gäßchen hinein, dessen ich früher gedachte, und das nun mit Menschen jeden Geschlechts und Alters so vollgepfropft war, daß nirgends auch nur ein Apfel hätte zur Erde fallen können.

Endlich hatten wir das Haus erreicht, waren die Eingangsstufen hinangestolpert und hatten uns durch den dunklen Hausflur an der steilen, finstern Treppe vorbei durch mehrere Stuben des Erdgeschosses in ein kleines gewölbtes Gemach gedrängt, das, wie sich später auswies, die Schlafstube der Hausfrau war. Das erste, war mir hier in die Augen fiel, war die über einen Haubenstock gestülpte Drahthaube mit der feuerfarbenen Schleife; über der Lehne eines Stuhls hing das Kamelottkleid und das dazu gehörige Halbmäntelchen; die Besitzerin dieser Gewänder aber lag unfern von ihrer Bettsponde, nur notdürftig bedeckt, auf dem Boden; das dünne graue Haar hing aufgelöst um das runzlichte schwarzblaue Gesicht und den pergamentähnlichen Nacken, den scharf ins emporquellende Fleisch gedrückt das grellgelbe Halstuch umschlang, mit dem die Unglückliche nach kurzer, vergeblicher Gegenwehr erdrosselt worden war; dafür bürgten die starren blutunterlaufenen, gewaltsam aus ihren Höhlen herausgetriebenen Augen, der halboffene Mund, der sich zu einem gräßlichen Hohngelächter zu verzerren schien, und die verkrümmten Hände, die offenbar in dem vergeblichen Bestreben erstarrt waren: den erdrosselnden Knoten des gelben Halstuches zu lösen! Es war ein entsetzlicher Anblick! Als ich endlich imstande war, meine Blicke von dem furchtbaren Schauspiele abzuwenden, auf das ich lange voll Schaudern und Entrüstung hingestarrt hatte, gewahrte ich in einer Ecke des Gemachs mehrere mir bekannte, ansehnliche Bürger der Stadt um einen stattlichen Herrn versammelt, der, an dem geöffneten Schreibtisch der

Ermordeten sitzend, die darin enthaltenen Papiere durchmusterte, und den mir der Kreuzwirt als den Syndikus der Stadt und einen der Freier der Lamprechter Nani zu erkennen gab. Die Herren waren, der Leiche kaum mehr eingedenk, in ein leises, aber höchst lebhaftes Gespräch verwickelt, das, allmählich lauter werdend, durch einzelne Worte erkennen ließ, daß es sich um den Nachlaß der Ermordeten handelte. Dieser Umstand hatte mich zu der Frage veranlaßt, was denn mit dem Registranten, dem Mietsmann und mutmaßlichen Erben der Toten und glücklichen Nebenbuhler des Syndikus, geworden wäre, und der Kreuzwirt teilte mir eben halblaut mit, daß derselbe, mit der Versteigerung eines in der Laming in Gant verfallenen Anwesens beauftragt, schon seit sechs Tagen abwesend wäre, als sich ein immer zunehmendes Gewirre von Stimmen im Hausflur erhob, die ärgerlich abmahnend einen ungestüm Vorwärtsdringenden zurückzuweisen bemüht schienen. Gleichwohl drang der laute Ruf: Ich muß hinein! Platz da! Ich muß sie sehen! immer näher, bis zuletzt der Schwall der Menge plötzlich sich teilte, und verstört, geisterbleich, große Schweißtropfen auf der Stirn, ein junger Mann ins Gemach stürzte, in dem ich augenblicklich den Registranten wiedererkannte, von dem wir soeben gesprochen. Bei dem Anblick der Ermordeten bebte er zurück, rang die Hände und rief einmal über das andere: O Jammer! O Entsetzen! O unglückseliger, grauenvoller Tag! – Mittlerweile war der Syndikus, der sich beim Eintritt des jungen Mannes erhoben, und ihn eine Weile von fern mit finsterem, fast feindlichem Blicke gemessen hatte, auf ihn zugeschritten und begann jetzt in langsam feierlichem Tone, in dem mir aber Hohn und Schadenfreude ganz deutlich durchzuklingen schienen: Ja! beklage Er das gräßliche Ende seiner mütterlichen Freundin! Beklage und beweine Er sie, wie wir sie beklagen und beweinen, wie bald ganz Bruck dies edle Herz, diese vielverkannte Seele, diese Mutter der Armen, diese Zuflucht der Betrübten, beklagen und beweinen wird! Denn, hört und beherzigt es, schätzbarste Anwesende, diese oft geschmähte und verleumdete, diese mit Schimpf und Hohn verfolgte, mit Spottnamen verunehrte Frau hat feurige Kohlen auf euer Haupt gesammelt und ihr ganzes, großes Vermögen ungeteilt und ausschließlich hiesiger Stadt zur Gründung eines Bürgerspitals und Waisenhauses in bester Form Rechtens letztwillig hinterlassen! – Ein Murmeln und Flüstern des Staunens zog brausend durch die Versammlung, während der junge Mann eine Weile stumm und gedankenlos den Sprechenden anstarrte; als aber hier und dort in der Menge ein: Gott segne sie, ein: Ruhe sie in Frieden! laut wurde, als die erste stumpfe und mehr neugierige als erschütterte Menge plötzlich vom Drang des Dankgefühls hingerissen wie ein Mann sich auf die Knie warf und ein Gebet für ihre ermordete Wohltäterin anstimmte, da flammte in seinem Auge die Glut des feindlichsten Hasses auf, die, als sein Blick sich abwendend wieder auf die Leiche fiel, in den Ausdruck wahnsinniger Wut sich verwandelte; er knirschte mit den Zähnen, wühlte mit den Händen in seinem Haar, dann stieß er einen Schrei aus, der halb wie Schmerzgeheul, halb wie Gelächter der Verzweiflung erklang, taumelte, verdrehte die Augen und schlug im nächsten Augenblick leblos wie ein Stück Holz neben der Leiche hin!«

Herr Steidler, der in dem Bemühen, seinen Zuhörern die Eindrücke des vorlängst Erlebten recht anschaulich zu vergegenwärtigen, ungewöhnlich lebhaft geworden war, hielt hier inne, um sich zu sammeln und seine Erinnerungen für die Fortsetzung seiner Erzählung zu ordnen, als vom Ofen her, hinter dem schon lange schwere Atemzüge hörbar geworden, nun plötzlich ein dumpfes ängstliches Stöhnen wie das Röcheln eines Erstickenden erscholl. »Herr Jesus,« jammerte Base Margit, »es spukt!« und verbarg das Gesicht in ihrer Schürze.; Horváth war vom Stuhle aufgesprungen, Czenczi aber stürzte mit dem Angstschrei: »Um Gottes willen, was ist geschehen?« auf den Ofen zu. Noch ehe sie aber das mächtige grüne Kachelgebäude erreicht hatte, schwankte schon Ferencz, wie einer, dem die Knie brechend versagen, krampfhaft an das Gesimse des Ofens geklammert und daran sich forthelfend, hinter demselben hervor. Er war kreideweiß bis in die Lippen, seine Brust flog und arbeitete nach Luft; fieberhaftes Zittern durchlief seine Glieder und ließ seine Zähne hörbar aneinanderklappern. – Ihm sei todesübel geworden, es verlege ihm den Atem, ächzte er, aber »es werde wohl vorübergehen, wenn er nur erst zu Bette wäre! – »Wasser, Wasser!« schrie Czenczi, »er stirbt! Hilfe!« und damit stürzte sie auf ihn zu und unterstützte den Schwankenden. Aber kaum, daß sie ihn berührt hatte, fühlte sie auch schon die schwere Hand des Vaters auf ihrer Schulter, die sie wie eine Flaumfeder fortdrehte, daß sie taumelnd in einer Ecke des Gemachs niedersank. – »Schickt sich das?« rief Horváth, dessen Grimm nur des zündenden Funken geharrt hatte, um aufzuflammen wie eine Pulvertonne, »ist's hier zu Lande Brauch, daß sittsame Mädchen sich nach Belieben den jungen Burschen an den Hals werfen? Gott's Donnerwetter! Ich will dich lehren, Dirne, was sich schickt!« – und damit erhob er die Hand; aber er besann sich und winkte die Base Margit heran: »Helft dem Burschen auf seine Stube,« sagte er,» und macht fort! Ich bin des Gewinsels satt und will Ruhe haben;« – Margit gehorchte und entfernte sich mit dem halbohnmächtigen Ferencz, zu dessen Wiederbelebung der eben stattgehabte Auftritt auch freilich nicht sehr geeignet war.

Kaum war die Türe hinter den beiden zugefallen, als Horváth, der ihren Abgang mit unmutig düstern Blicken beobachtet hatte, sich wieder zu Czenczi wandte, die blaß und regungslos dasaß, und von deren Wimpern große Tränen auf die in ihrem Schoße gefalteten Hände niederträufelten. »Geh' auf dein Zimmer,« sprach er in milderem Tone, »die Erzählung unseres Gastes hat dich aufgeregt, und wenn bei euch Weibsleuten das Rädlein einmal ins Laufen gekommen ist, so will's nicht mehr stille stehen! Geh' und ein andermal sei klüger! und damit gute Nacht!« – Czenczi wiederholte tonlos und kaum vernehmlich die letzten Worte des Vaters, verneigte sich schweigend vor dem Gaste und verließ langsam das Gemach. Horváths Blicke folgten ihr mit dem Ausdrucke schmerzlichen Bedauerns und bitterer Kränkung. Die leidenschaftliche Teilnahme, die Czenczi für den Schreiber bei einem so unbedeutenden Anlaß, wie seine Unpäßlichkeit es war, an den Tag gelegt hatte, ließ über den Zustand ihres Herzens keinen Zweifel übrig, und in Horváths Brust, der sich in seiner blinden Zuversicht getäuscht, in seinem Stolze verletzt und in die bittere Notwendigkeit versetzt sah, dem Herzen weh tun zu müssen, das er am meisten liebte, kämpften die widersprechendsten Gefühle einen harten, peinlichen Kampf. Endlich seines Gastes gedenkend, faßte er sich und nahm wieder an seiner Seite Platz; aber sei es, daß er es für unnütz hielt, ihn über die Bedeutung des Vorganges täuschen zu wollen, oder daß er sich in dem Augenblicke unfähig fühlte, demselben irgendeinen andern annehmbaren Sinn unterzuschieben, er erwähnte des Vorgefallenen mit keiner Silbe und begnügte sich, seinen Tischgenossen zu bitten, die angefangene Erzählung zu Ende zu bringen.

»Meine Geschichte zu Ende bringen?« fragte Herr Steidler, der ein stummer, aber nicht teilnahmsloser Zeuge der Ereignisse des Abends gewesen und mit Vergnügen die Gelegenheit ergriff, seinen Hauswirt auf irgendeine Weise zu zerstreuen, »teuerster Freund, sie ist zu Ende; denn was noch zu berichten bleibt, ist kaum der Rede wert und läuft auf unbestimmte Gerüchte und Vermutungen hinaus. Nur das ist gewiß, daß die Marzipan-Lise mit unerhörtem Gepränge zur Erde bestattet wurde, daß es mit ihrem Testamente seine volle Richtigkeit hatte, und daß ihrem erbschleicherischen Mietsmanne, dem Registranten, wirklich nicht ein Heller aus ihrem Nachlasse zufiel, wodurch denn auch jede Möglichkeit seiner Verbindung mit der Lamprechter Nani zu Wasser wurde.

Der junge Mann, der alle seine Anschläge vereitelt sah und wie gewöhnlich zum Schaden auch noch den Spott hatte, lief seit jenem Tage verstört und halb wahnsinnig in der Stadt herum, bis er nach drei Wochen plötzlich verschwand. Sein Hut und sein Oberrock, die an den Ufern der Mur gefunden wurden, lassen vermuten, daß der arme Teufel in seiner Verzweiflung sich ertränkt habe. Was den Mörder der Marzipan-Lise betrifft, so führten die sorgfältigsten Nachforschungen auf keine Spur. Ein ehemaliger Schuldner der Ermordeten, den sie um Haus und Hof gebracht hatte und der sich zur Zeit des Mordes in der Gegend von Bruck herumtrieb, wurde auf Veranlassung des Registranten als der Tat verdächtig eingezogen, mußte aber entlassen werden, da er ein Alibi standhältig nachzuweisen vermochte. Dagegen ging später, und zwar kurze Zeit nach dem Verschwinden des Registranten das Gerücht, er selbst wäre es gewesen, der in der sichern Hoffnung, die Alte zu beerben, ihr hingeholfen hätte, um früher zu Geld und Gut und in den Besitz seiner Liebsten zu kommen. Man erzählt sich nämlich, zwei Brauknechte hätten dem Syndikus angezeigt, daß sie in der Nacht des Mordes, von einem Besuch bei ihren Mädchen gegen Morgen nach der Stadt heimkehrend, dem, wie gesagt, damals in der Laming stationierten Registranten, hastig von der Stadt kommend, begegnet wären und ihn deutlich erkannt hätten, obgleich er bei ihrem Herannahen von der Straße weg in den Busch gesprungen wäre. Wenn nun auch der Hauswirt des Registranten in Laming dagegen steif und fest behaupte, dieser letztere habe sich daselbst in jener Nacht wie gewöhnlich zu Bette begeben und sei frühmorgens von ihm selbst geweckt worden, so schließe das doch nicht aus, daß der verruchte Mörder heimlich in stiller Nacht das Haus verlassen, die Untat vollbracht habe und dann unbemerkt wieder zurückgekehrt sei, wofür auch der Umstand spreche, daß der Mörder die Gelegenheit im Hause der Marzipan-Lise sehr wohl gekannt haben müsse, da kein Einbruch stattgefunden habe und Tür und Fenster unverletzt gewesen wäre.

Mehrere aber wußten mit dieser Angabe noch eine andere zu verbinden und berichteten, zu selbiger Zeit habe der Syndikus, den Nachlaß der Marzipan-Lise ordnend, unter ihrer Wäsche ein Päckchen mit der Überschrift: »Legat für meinen Mietsmann,« gefunden. Dieses Päckchen habe ein Tellertüchlein, einen von dem Registranten für die Marzipan-Lise aufgesetzten Testamentsentwurf und ein Schreiben dieser letztern enthalten, worin sie dem Registranten für die Mitteilung des Entwurfs dankte, den sie auch nach ihrer Absicht und zu ihrem Zweck endlich benutzt habe; ihn zum Erben einzusetzen, wäre ihr nie eingefallen; sie hätte ihn damit nur hingehalten, damit sie ohne viele Kosten zu einem brauchbaren Testamentformular käme; wohl aber würde sie ihn für die guten Dienste, die er ihr geleistet, mit einem hübschen Kapital bedacht haben, wenn nicht ihre Katze von dem Kuchen, den er ihr unlängst verehrt, genascht hätte und daran verreckt wäre: sie habe darüber ihre eigenen Gedanken, und meine demnach vollkommen genug zu tun, wenn sie ihm das anliegende Tellertüchlein hinterlasse, um – sich das Maul zu wischen. Nach Lesung dieser Papiere habe der Syndikus, wie die Leute wissen wollten, sich in großer Verlegenheit befunden, indem dieselben, in Verbindung mit der Aussage der Brauknechte, den Registranten allerdings schwer verdächtigten; endlich aber habe er beschlossen, zwei Fliegen mit einem Schlage zu erlegen; nämlich einesteils das unliebsame Aufsehen zu vermeiden, das die Eröffnung des hochnotpeinlichen Verfahrens gegen ein Mitglied des Magistrats nach sich gezogen hätte, andernteils aber durch den Anschein ritterlicher Großmut gegen seinen Nebenbuhler sich des Besitzes der Lamprechter Nani um so bestimmter zu versichern. Er habe sich also zu dieser letztern verfügt, ihr den Sachverhalt mitgeteilt und ihr ans Herz gelegt, wie der Mann ihrer Neigung, falls er sich nicht ganz rein wüßte, sehr wohl daran täte, ungesäumt das Weite zu suchen; dabei aber auch nicht undeutlich merken lassen, auf welche Weise er die zarte Rücksicht, die er für ihre Person an den Tag lege, belohnt zu sehen hoffe. Auf diesem Wege, meinten die Leute, habe der Registrant Wind bekommen, sich aus dem Staube gemacht und der Syndikus die Hand seiner Liebsten gewonnen. – Das letztere hat nun allerdings seine Richtigkeit; die Lamprechter Nani hat wirklich den Syndikus geheiratet: das übrige ist wohl nur eitles Gerede, mit dem böse Mäuler unbarmherzig genug den armen Registranten noch im Grabe verfolgen. Das Ende der ganzen Geschichte ist aber denn doch, daß der Mörder der Marzipan-Lise bis jetzt noch nicht entdeckt worden ist und daß ihn daher Gott wird finden müssen, wie Ihr sagt, da ihn die Menschen nicht erreicht haben.«

Diese Bemerkung, absichtlich von Herrn Steidler hingeworfen, um den in Gedanken verlorenen Horváth ins Gespräch zu ziehen, blieb ohne Erwiderung. Horváth hörte sie nicht; den Kopf in die Hand gestützt, starrte er vor sich hin und hatte die Worte seines Gastes unbeachtet an sich vorüberrauschen lassen. Ihn beschäftigte nur eins: daß Antal recht hatte, daß er selbst in törichter Verblendung sein Kind ins Verderben hatte rennen lassen; daß er nun ein Ende machen müsse und daß es selbst dazu vielleicht zu spät sein könnte. Die tiefe Stille, die eingetreten war, nachdem Steidler seine Erzählung vollendet hatte, entriß ihn endlich seinem Hinbrüten; er fuhr auf und ohne weitere Vorbereitung, als daß er die zunehmende Kränklichkeit seines Schreibers beklagte, fragte er Herrn Steidler, ob er ihm einen Buchhalter empfehlen könne. Diese Frage wurde von dem umständlichen und in Geschäften sehr pünktlichen Gaste mit der Gegenfrage nach den Eigenschaften, die er fordere, und den Genüssen, die er gewähren wolle, und nach entsprechender Erörterung dieser Punkte mit dem Versprechen erwidert, ehe drei Wochen ins Land gingen, wolle er ihm einen ältlichen, aber noch rüstigen Mann zuweisen, der ihm genügen würde, worauf Herr Steidler, da er frühmorgens aufbrechen müsse, für den freundlichen Empfang danksagend, sich vom Tische erhob und von seinem Wirte mit den besten Wünschen für eine »ruhigschlafende« Nacht auf seine Stube geleitet wurde.

Der Morgen dämmerte herauf, und die ersten blassen Strahlen des Zwielichts, die in die Kammer des Schreibers Ferencz brachen, fanden ihn wach und halb angekleidet auf seinem zerwühlten Lager sitzend, dem diese Nacht Ruhe und Schlummer fern geblieben zu sein schienen. Der Lichtschirm und das schwarzseidene Tuch, das er tags zuvor um die Backen geschlungen hatte, lagen inmitten der Stube auf den Boden geschleudert, der mit zerrissenen Papieren bedeckt war; Schrank und Lade standen weit offen: Kleidungsstücke, Wäsche und andere Habseligkeiten lagen teils da und dort auf Tischen und Stühlen, teils neben dem Felleisen aufgehäuft, das in einer Ecke des Gemachs halbgepackt dastand und nach dem die Blicke des Schreibers von Zeit zu Zeit unruhig düster hinüberglitten, als überlegte er, ob er das angefangene Werk nicht doch vollenden solle. Wenn die Umgebung des jungen Mannes durch diese und andere Züge einen seltsamen Ausdruck des Unfriedens und der Verworrenheit erhielt, so zeigten sich diese letztern ihm selbst und seiner ganzen Erscheinung noch viel deutlicher aufgeprägt. Seine zusammengeknickte Haltung, das tief auf die Brust herabgesenkte Haupt, die fahle Blässe der Wangen verriet die äußerste Erschöpfung, während die schweren Seufzer, die von Zeit zu Zeit aus der beklommenen Brust sich losrangen und das unter den krampfhaft zusammengezogenen Brauen düster hervorblitzende Auge, das bald minutenlang auf das erlöschende Flämmchen der Nachtlampe gedankenlos hinstarrte, bald in ängstlich scheuer Hast von Gegenstand zu Gegenstand schweifte, von einer innern Ruhelosigkeit, von einer Gottverlassenheit der Seele zeugten, wie nur Verzweiflung oder Schuld sie empfinden. – Jetzt fuhr er auf und horchte. – »Schritte – waren das nicht Schritte? Nein, es war nichts!« Er trocknete sich den Schweiß von der Stirn, strich die wirren Haare zurück, die sie bedeckten und schritt unruhig im Zimmer auf und nieder. – »Warum gab ich auch dem Drängen der alten Margit nach,« murmelte er vor sich hin, »und was bestand ich später darauf, mich nicht zu entfernen? Der alte Schwätzer mußte freilich im Auge behalten werden, und wer konnte wissen, daß mich das dumme Fieber packen würde, und daß ich wie ein Schulknabe -« Er vollendete nicht, denn jetzt schallten wirklich draußen rasche Schritte nah und näher, denen bald ein derbes Pochen an der verschlossenen Tür folgte. Ferencz stand einen Augenblick wie erstarrt, dann sich ermannend, sprang er in die Ecke der Stube, riß mit zitternden Händen seinen Mantel von der Wand, breitete ihn über das offene Felleisen hin und wankte dann zur Tür, den Riegel zurückzuschieben; nun öffnete sie sich und Horváth stand auf ihrer Schwelle dem bis in die Lippen erbleichenden Ferencz gegenüber, der vergebens seine tödliche Unruhe unter Bücklingen und ehrerbietigen Morgengrüßen zu verbergen strebte.

Horváth hatte seinerseits die Nacht nicht besser zugebracht als sein Schreiber. Gekränkt in seinem Stolze, erbittert durch den Mangel an Vertrauen, den seine Tochter gegen ihn bewiesen und voll Zorn gegen den treulosen Diener, der seine Wohltaten mit Undank vergolten hatte, war er zu Bette gegangen; aber in der Stille der Nacht, die ihn immer deutlicher der eigenen Mitschuld an der Verwirrung der jungen Leute sich bewußt werden ließ, verloschen allmählich die Flammen seines Zorns. Dagegen faßte er den festen Entschluß, geschehe was da wolle, am nächsten Morgen, sobald nur Herr Steidler abgereist sein würde, unverzüglich mit aller Entschiedenheit einem Verhältnisse ein Ende zu machen, das ihm ebenso schmachvoll als unnatürlich und ganz und gar unmöglich erschien. Gleichwohl war sein Wesen so durch und durch Milde und Gutmütigkeit und so sehr widerstrebte es seiner innersten Natur, irgend jemand, außer im ersten Auflodern des Zorns, etwas vorsätzlich zuleide zu tun, daß er nach Steidlers Abreise kaum minder schweren Herzens den Gang nach der Kammer des Schreibers antrat, als dieser ihn in derselben erscheinen sah!

»Ist Er wieder hergestellt?« sagte er langsam in die Stube tretend und die Tür hinter sich zuziehend. »Nun, das sehe ich gern; denn ich habe mit Ihm zu reden und es freut mich, daß Er seine fünf Sinne beisammen hat!« Er setzte sich mit diesen Worten auf den Stuhl, den ihm Ferencz hingerückt hatte, und blickte wie verlegen im Zimmer herum. – »Ja, ich habe mit Ihm zu reden,« wiederholte er mit barschem, ja rauhem Tone, aber es war etwas in diesem Tone, als täte er sich Gewalt an, fester und entschlossener zu scheinen als er war. – »Ich will ihm sagen, daß ich heute nach Vásárhely hinüberreite, um in den Weingärten nachzusehen, und morgen,« setzte er nach einigen Zögern hinzu, »morgen reise ich nach Ofen!« Hier hielt er wieder inne, dann aber sich ein Herz fassen und das Unvermeidliche herausstoßend, sagte er, indem er aufstand und dem Schreiber den Rücken kehrend an den Tisch trat: »Und dann will ich Ihnen sagen, daß ich einen andern zu meinem Buchhalter bestellt habe und daß Er mein Haus noch heute verlassen muß!« Ferencz zuckte bei diesen Worten zusammen wie einer, dem ein Blitzstrahl hart vor den Füßen in die Erde schlägt. – »Hier ist Sein Dienstzeugnis,« fuhr Horváth fort, ein Papier aus der Tasche ziehend und es abgewandt ihm hinreichend, »und hier ist Sein rückständiger Lohn und ein Reise- und Zehrpfennig dazu!« und damit warf er eine Rolle hin, die, im Falle berstend, den Tisch mit Goldstücken bedeckte. – Er schwieg, als ob er eine Antwort erwartete, als diese aber ausblieb, wandte er sich um und ein Blick auf den wie vernichtet dastehenden Schreiber genügte, ihn vollends zu entwaffnen. Er schritt auf Ferencz zu und ihm mit der Hand auf die Schul-

31

ter schlagend, sagte er: »Er ist ein braver, geschickter, fleißiger Mensch, ich entbehre Ihn ungern und habe Ihn auch in meinem Zeugnis als treu und fleißig bestens rekommendiert: aber Er selbst wird einsehen, daß Er nicht bleiben kann. Morgen reise ich nach Ofen und darum muß Er noch heute, diese Stunde fort! Hört Er?« Ferencz lallte einige unverständliche Worte, während Horváth der Tür zuschritt, die Klinke in der Hand aber noch einmal sich umwandte und sagte: »Daß Er sich aber nicht einbilde, Er könne sich in der Gegend herumtreiben und um mein Haus herumlungern! Das verbitte ich mir und werde Ihm auch das Handwerk zu legen wissen! Er muß fort, gleich und ganz fort! Und damit Gott befohlen!« Mit diesen Worten öffnete er die Türe und verließ, froh, das ihm peinliche Geschäft kurz und entschieden abgetan zu haben, raschen Schrittes das Gemach.

So lange noch der Schall von Horváths Schritten auf Gang und Treppe zu hören war, verharrte Ferencz in zerschmetterter Haltung, die ihm in seiner Gegenwart so gute Dienste geleistet hatte; dann aber schnellte er aus der gebückten Stellung empor; das kaum noch tiefgesenkte Auge funkelte, sich wieder erhebend, von Selbstbewußtsein, das farblos blasse Antlitz glühte vor Freude und ein häßliches Lächeln hämischen Spottes zuckte um die noch schreckensbleichen Lippen. – »Nichts, gar nichts wissen sie,« rief er, raschen, schwunghaften Schrittes die Stube auf und nieder messend, »nur dumme Selbstquälerei war es, die mich heute nacht halt verrückt machte! Aber nun ist alles gut, selbst daß er mir den Abschied gegeben! Zur Entscheidung mußte es doch einmal kommen und diesmal bin ich meiner Sache gewiß; die Czenczi habe ich fest!« Aus diesen und andern Gedanken weckten ihn die Hufschläge des Pferdes, das Horváth nach Vásárhely trug; die Zeit seiner Entfernung mußte benutzt werden, jetzt oder nie rasch und entschieden gehandelt werden. Hastig seinen Anzug vollendend überlegte er, welche Wege er einzuschlagen hätte, erwog die Hindernisse, die ihm entgegentreten könnten, die Mittel, die ihm zu Gebote stünden, sie zu beseitigen, und eben da er endlich seinen Entschluß gefaßt hatte, sah er Czenczis schlanke Gestalt den Hofraum entlang dem Garten zuschweben, wohin er ihr augenblicklich folgte.

Die Züge des jungen Mannes, die noch von Siegesfrohlocken und hämischer Zuversicht strahlten, als er die Stufen zur Gartentür emporstieg, hatten den Ausdruck tiefen Schmerzes und mühsam errungener Fassung angenommen, als er dem jungen Mädchen sich nahte, das ihm mit der rührendsten Hingebung entgegeneilte und ihm mit zärtlicher Besorgnis nach dem Zustande der bösen Augen fragte, die ihr gestern so viel Kummer gemacht hätten. Seine Antwort war kurz, ernst, gemessen; mit gepreßter Stimme, aus deren Klang das Ohr der Liebe unterdrückte Tränen heraushörte, berichtete er ihr das harte Urteil, das ihr Vater ihm gesprochen, und schloß mit zärtlichen Abschiedsworten und heißen Segenswünschen für die Zukunft der Geliebten, wenn auch die seine für immer vernichtet und ein früher Tod fortan das einzige Ziel sei, dem er noch hoffend entgegenschaue! Die Wirkung, die diese Worte auf Czenczis tatkräftige und feurige Seele machen mußten, war eine wohlberechnete gewesen. Einen Moment von Schreck und Schmerz überwältigt, raffte sie sich bald empor, schloß ihn in die Arme und fragte ihn, ob er an ihr zweifle, ob sie ihm nicht Treue, unverbrüchliche Treue verheißen, ob er sie für wortbrüchig halten könne, und durch das schmerzliche Lächeln, mit dem Ferencz diese Frage erwiderte, nur noch mehr bewegt und erregt, überhäufte sie ihn mit Liebkosungen und Vorwürfen und schwor ihm zu, sich noch heute ihrem Vater zu Füßen zu werfen und vor aller Welt zu gestehen, daß sie ihn liebe, daß sie ihm, nur ihm angehöre und daß nicht Drohung, Gewalt noch jahrelange Trennung ihr Herz jemals dem seinen entfremden könnte! Diesem Überströmen der Leidenschaft setzte Ferencz das düstere Schweigen hoffnungslosen Schmerzes, die dumpfe Ruhe der Verzweiflung entgegen. Was ihre Bitten fruchten würden? fragte er sie endlich; ob sie meine, der stolze Horváth werde im Handumdrehen sich entschließen, dem von der Straße aufgelesenen Schreiber die reiche Erbtochter in die Arme zu werfen? Ob sie die besten Tage des Lebens, den Frühling ihrer Jugend vertrauern wolle, um ihn nach jahrelanger Trennung endlich über dem Grabe ihres Vaters die Hand zu reichen? Nein, hier gelte es, jede Selbsttäuschung sich fern zu halten; nur ein Mittel gäbe es, die berechtigte Forderung ihrer Herzen, roher Willkür gegenüber, durchzusetzen und den Vater zum Glücke seines Kindes zu zwingen, und dieses eine Mittel – er zögerte es auszusprechen; endlich sprach er es doch aus – dies eine Mittel sei – Flucht aus dem Vaterhause!

Czenczi, schon in der Wiege der Mutter beraubt, hatte sich während der häufigen und langwierigen Reisen des Vaters und bei dem geringen Ansehen, das die alte Margit dem feurigen, lebhaften Sinne des jungen Mädchens gegenüber zu behaupten vermochte, frühzeitig mit großer Entschiedenheit des Willens und seltener Selbstständigkeit des Geistes entwickelt. Zwang und Willkür waren ihr verhaßt, aber so heilig berechtigt sie sich fühlte, ihr Glück auf eigenem Wege zu suchen und zu finden, ebenso innig überzeugt war sie auch, daß dies nicht auf Kosten anderer, am wenigsten auf die ihres raschen und heftigen, aber sie so zärtlich liebenden Vaters geschehen dürfe. Es war ein harter Kampf, den Ferencz zu kämpfen hatte, bis das Pflichtgefühl des Kindes dem Drange der Leidenschaft erlag; endlich aber siegte er doch. Die Flucht wurde beschlossen und als der geeignetste Zeitpunkt sie anzutreten, die erste Nacht festgesetzt, die auf Horváths Abreise nach Ofen folgen würde, weil sie dann hoffen durften, wenigstens die ersten Tage unverfolgt zu bleiben. Schwieriger war die Lösung der weiteren Frage, wo Ferencz bis zu jenem Zeitpunkt sich aufhalten solle. Sich in der Nähe zu verbergen, erschien bei dem einmal erweckten Mißtrauen Horváths gefährlich; die Wahl eines entfernten Verstecks aber stellte einesteils bei der Schwierigkeit, sich gegenseitig in Kenntnis etwa eintretender hindernder Wechselfälle zu erhalten, das Gelingen des Fluchtplans in Frage; andernteils hatte Czenczi sich mit solchem Widerstreben herbeigelassen, mit ihrer Vergangenheit so gewaltsam zu brechen, und zeigte sich von ihrem Unrecht so durchdrungen, daß Ferencz nur den fortdauernden Einfluß seiner Anwesenheit und die auf Czenczis Seele gewälzte Verantwortlichkeit für die Sicherheit seiner Person als ein hinlängliches Gegengewicht erkannte, um die Zweifelnde, ängstlich hin und her Schwankende, bei dem kaum gefaßten Entschlusse festzuhalten.

Bei dieser Lage der Dinge mußte gewagt werden, um zu gewinnen, und so erklärte denn Ferencz, daß er sich von Czenczi nicht trennen könne, daß er bleiben und im Hause sich verborgen halten müsse, wenn ihr Vorhaben gelingen solle. Czenczi ließ sich von der Richtigkeit dieser Ansicht überzeugen und ein sicheres Versteck wurde nach kurzem Überlegen ausgefunden. Ein Stübchen, das

Horváth im untersten Geschosse seiner weitläufigen Keller hatte herstellen lassen, um dort während der Weinlese in aller Bequemlichkeit die Einlieferungen der Erträgnisse seiner Weingärten überwachen und nach derselben mit dem Abnehmen seiner Weine, die Weinproben gleich vom Faß weg durchkostend, über die Preise der verschiedenen Sorten sich behaglich besprechen zu können, erschien zu diesem Zwecke um so geeigneter, als es in dieser Jahreszeit nie benutzt und erst nach der Heimkehr Horváths vom Ofener Markte für seine Bestimmung wieder instand gesetzt zu werden pflegte. Nachdem die Liebenden sich über die Wahl dieses Verstecks geeinigt und sich noch in wenigen hastigen Worten über die Art und Weise, in der Ferencz es beziehen sollte, verständigt hatten, trennten sie sich, um ihr Vorhaben noch vor Horváths Heimkehr ins Werk zu setzen.

Ferencz eilte in seine Kammer zurück, packte schleunig seine Habseligkeiten zusammen, schloß sein Felleisen und begab sich gegen Mittag in das Gemach der Frau Margit, um ihr das Vorgefallene mitzuteilen und von ihr Abschied zu nehmen. Die gute Alte geriet über die Nachricht von der Verabschiedung ihres Günstlings völlig außer Fassung. Ferencz aber bat sie mit der Gebärde des tiefsten Schmerzes, den Hausgenossen seine letzten Grüße darzubringen, denn ihm selbst gebräche es dazu an Mut; dann erbat er sich ihren Segen und nachdem er ihn empfangen und ihr empfohlen hatte, sein Felleisen in Obhut zu nehmen, bis er es abholen lassen würde, entwand er sich den Armen der schluchzenden und vor Schreck und Kummer halb gelähmten Alten, um, wie er sagte, einsam in die weite, weite Welt hinauszuwandern. Ehe Frau Margit sich recht besinnen und dem Fortstürzenden das Geleit geben konnte, war er die Treppe hinabgeeilt, hatte sich, an der Küche vorüberschlüpfend, überzeugt, daß das Hausgesinde sich daselbst wie gewöhnlich um diese Stunde zum Mittagmahl versammelt habe, und war zum Tore hinausgesprungen.

Er schlug den Weg nach der Stadt ein; um die Ecke des Hauses gekommen, bog er abermals links ab, lief an der Gartenmauer hin, bis er an das angelehnte Hinterpförtchen gelangte und durch dasselbe sich wieder ins Haus stehlend, an der Hinterwand der Stallungen sich fortschleichend, den Holzhof erreichte. Dort erwartete ihn Czenczi mit einem mit Eßwaren gefüllten Korbe an der Kellertür und geleitete ihn die Treppe hinab in das Kellerstübchen, das in einer Ecke des untersten Kellergeschosses aus starken, mit Backsteinen verkleideten Bohlenwänden erbaut war und in das die Fürsorge der Liebe schon früher Betten, Kerzen und was sonst zur Bequemlichkeit des freiwillig Gefangenen dienen konnte, hinuntergeschafft hatte. Hier verließ sie ihn mit dem Versprechen, nachts, wenn alles zur Ruhe wäre, Nachricht zu bringen, wie es im Hause stehe: Ferencz aber, nun des Gelingens seines Anschlages gewiß und voll der sichern Hoffnung, dem Hause, in dessen einsamsten Winkel er nun sich verbergen mußte, dereinst als Herr und Eigentümer zu gebieten, erquickte sich an den im Korbe befindlichen Lebensmitteln und streckte sich dann auf das ihm zubereitete Lager, um die entbehrte Nachruhe nachzuholen.

Horváth kehrte erst spät nachmittags von Vásárhely zurück; die Niedergeschlagenheit Czenczis und ihre verweinten Augen schien er nicht zu bemerken; die alte Margit, die in unkluger Geschwätzigkeit die Entfernung ihres Lieblings zur Sprache zu bringen versuchte, fertigte er kurz und barsch ab und ging dann, Geschäfte vorwendend, nach der Stadt, wahrscheinlich um Nachforschungen anzustellen, ob Ferencz sich nicht irgendwo in der Nähe verborgen halte. Die Ergebnisse seiner Wanderungen schienen ihn befriedigt zu haben, denn wieder heimgekehrt, zeigte er sich milder und gesprächiger als früher; des Schreibers gedachte er mit keiner Silbe, dagegen erklärte er beim Nachtmahl, daß die Weinlese dieses Jahr so ergiebige Ausbeute verspreche, daß er, um das nötige Geschirr, die Fechsung aufzunehmen, verlegen sei und genötigt sein würde, selbst alte, schon halb ausgediente Fässer wieder in Gebrauch zu nehmen, und da er, um nach Möglichkeit wieder auszubessern, auf morgen den Küfermeister mit seinen Gesellen bestellt habe, so könne er erst übermorgen die Reise nach Ofen antreten. Diese Nachricht war für Ferencz allerdings eine bittere Zutat zu den Leckerbissen, die Czenczi in tiefer Nacht ihm zitternd in das Kellerstübchen hinunterschmuggelte, denn er sah dadurch nicht nur seine Gefangenschaft verlängert, sondern auch ihre Bequemlichkeit wie seine Sicherheit wesentlich beeinträchtigt. Zwar befanden sich die Fässer, die wiederhergestellt werden sollten, im obern Kellergeschosse, aber wie leicht konnte es Horváth oder einem der Küfer beifallen, auch in das untere hinabzusteigen? Er mußte nicht nur, da ihm sonst das ganze untere Kellergewölbe zu Gebote stand, sich fortan streng auf den engen Raum des Stübchens beschränken, sondern auch, wenigstens während der Arbeitszeit der Küfer, auf alle Beleuchtung verzichten, damit ihn nicht etwa der Lichtschimmer, der durch eine Ritze der Tür dringen konnte, verrate; ja es schien sogar nötig, die Tür des Stübchens, damit kein Unberufener, absichtlich oder zufällig, sie öffne, zu verschließen, was nur von außen geschehen konnte, da an der innern Seite derselben Schloß oder Riegel anzubringen bei der Bestimmung des Stübchens niemals auch nur in Frage gekommen war. Wie lästig und unangenehm alles dies auch sein mochte, es mußte gleichwohl von Ferencz als ein Unvermeidliches ruhig ertragen werden, wenn nicht die Unruhe und Beklommenheit Czenczis, die mit jedem Augenblicke zuzunehmen schien, sich zur vollkommenen Fassungslosigkeit steigern sollte. Dieser Gefahr zu begegnen, bemühte er sich auf alle Weise, die Bedeutung ihrer Mitteilung zu verringern, durch Liebkosungen ihre Besorgnis zu übertäuben und als sie endlich halbgetröstet Abschied nahm, hieß er sie scherzend ihr Vöglein in seinem Käfig wohl verschließen, aber auch ja auf den Schlüssel wohl achtzuhaben, daß er nicht etwa durch ihren Verlust in seiner freiwilligen Haft zu einem höchst unfreiwilligen Fasten gezwungen werde.

Tags darauf erschienen am frühen Morgen wirklich der Küfer und seine Gesellen im obern Kellergeschoß und weckten alsbald, den schadhaften Fässern neue Bänder und Reifen antreibend, mit dem Gepoch ihrer Schlägel den Widerhall seiner Gewölbe. Horváth ging ab und zu, überwachte den Fortgang der Arbeit, unterließ aber nicht, von Zeit zu Zeit in der Gegend herumzustreifen, um zu erkunden, ob Ferencz sich denn auch wirklich ganz und gar entfernt habe. Dem Kellerstübchen aber nahte den ganzen Tag hindurch weder er noch einer der Küfer, die, von allen Seiten in Anspruch genommen, nur auf Förderung ihrer Arbeit bedacht waren. Dagegen mußte Ferencz, als Czenczi ihrem Gefangenen gegen Mitternacht wieder Speise und Trank zutrug, von ihr in Erfahrung bringen, daß der Vater, sei es der Küfer wegen oder weil das plötzliche, spurlose Verschwinden seines Schreibers ihn mehr beunruhigte als zufriedenstellte, seine Abreise wieder um einen Tag hinausgeschoben hätte. Ferencz nahm die Nachricht von dieser neuen Verzögerung bei weitem weniger gefaßt und gleichmütig auf, als er sich am vorigen Tag der Notwendigkeit des engeren Verschlusses in seinen Käfig gefügt hatte.

Während Czenczi durch die wechselnden Gemütsbewegungen des vorigen Tages in solche Aufregung und in so fieberhafte Spannung geraten war, daß eben diese Steigerung ihres gesamten Seelenlebens ihr jetzt wieder, trotz aller innern Erschöpfung, den Anschein von Kraft, ja selbst von Ruhe gab, war bei Ferencz das Gegenteil eingetreten; seine Seelenstärke war infolge der einsam dunklen Haft erlahmt und haltlos in sich zusammengebrochen. Selbst die Aussicht, in naher Zukunft das Ziel langjährigen, unermüdeten Bestrebens zu erreichen und in Fülle des Reichtums die langentbehrten Mittel zur Fülle des Lebensgenusses zu besitzen, schien ihren Zauber für ihn verloren zu haben und unfähig geworden zu sein, die finstern Gestalten zurückzudrängen, die nachts in der lautlosen Stille des dunklen Kellerstübchens vor ihm emportauchen mochten. Er war es, der jetzt verwirrt, beängstigt und vor jedem Geräusch zusammenschreckend von Czenczi beruhigt und getröstet werden mußte; Gefahren würde er mutig bestanden haben, den Schrecken der Einsamkeit vermochte er nicht die Stirn zu bieten; und als Czenczi Abschied nahm und wieder die Tür des Stübchens hinter sich verschließen mußte, hielt er sie zurück und gehabte sich nicht anders, als sollte er für immer von Licht, Luft und Leben abgeschieden werden.

Endlich, am dritten Tage gegen Mittag, machte sich Horváth fertig, die längst beschlossene Reise nach Ofen anzutreten. Der Wagen war angespannt und Horváth, von Base Margit und seiner Tochter begleitet, trat aus dem Hause, vor dem sich das Gesinde, der Abfahrt ihres Herrn gewärtig, versammelt hatte. Horváth erteilte seine letzten Aufträge; den Knechten befahl er, das Haus vor Zigeunern, Bettlern und anderem Gesindel in acht zu nehmen und Tor und Türen wohl verschlossen zu halten; die Mägde hieß er Feuer und Licht behüten, und nachdem er Frau Margit die Aufsicht über das Gesinde und die während seiner Abwesenheit zu vollendenden Arbeiten, vorzüglich jene der Küfer, ans Herz gelegt hatte, wandte er sich zu seiner Tochter. Diese, in tiefster Seele von Vorwürfen und Reue zerrissen, und gefoltert von dem Bewußtsein, ihren alten, liebevollen Vater so grausam täuschen und für lange Zeit, vielleicht für immer, unkindlich verlassen zu wollen, warf sich krampfhaft schluchzend in seine Arme, und so groß war ihre Erschütterung, daß es nur wenig rührend eindringlicher Worte bedurft hätte, dem schwerbeladenen Gemüte des verirrten Kindes sein Geheimnis abzulocken und die Anschläge Ferencz' für immer zu vereiteln. Aber der Unstern Horváths hatte über ihn verhängt, daß er, wie früher durch törichten Leichtsinn, jetzt durch unzeitige Strenge begünstigen sollte, was er am liebsten vermieden hätte. Er zog das zitternde Mädchen auf die Seite und sagte ihr in rauhem, barschem Tone, das Gewesene und Geschehene wolle er vergessen und vergeben, aber auch ferner eitle Ausflüchte nicht mehr gelten lassen; er habe Herrn Farkas, dem reichen Spezereihändler in Fünfkirchen, ihre Hand zugesagt und vor Allerheiligen müsse sie Hochzeit gemacht haben. Mit diesen Worten wälzte sich wieder der Grabstein des Trotzes über die Tiefen ihrer in kindlichem Vertrauen sich öffnenden Seele; sie weinte, aber sie schwieg, und als Horváth, von den besten Wünschen der Hausgenossen begleitet, dahingerollt war, schwankte sie stumm und blaß in ihre Kammer zurück, um die wenigen Habseligkeiten, die sie auf ihrer Flucht mitzunehmen gedachte, in ein Bündel zusammenzuraffen. Nur mit Mühe gelang es ihr, ihren Vorsatz auszuführen; denn der Rückschlag der übermäßigen Aufregung, der verzehrenden Unruhe, in der sie die letzten Tage zugebracht hatte, machte allmählich in dumpfer Abspannung des Geistes, in gänzlicher Erschöpfung ihrer Kräfte immer fühlbarer seine Rechte auf sie geltend. Bleierne Schwere lagerte auf ihre Glieder; bald von Frost geschüttelt, bald in Fieberhitze glühend, vermochte sie nicht mehr die Wucht des heißen, von dumpfem Schmerz wie mit einem Eisenringe umfangenen Kopfes aufrechtzuhalten, und erschöpft und leidend wie sie war, streckte sie sich auf ihr Lager, um in erquickender Ruhe neue Kräfte zu sammeln. Dort lag sie stumpf und still, die zuckenden Hände über die Brust gefaltet, und vor ihren halbgeschlossenen Augen zogen in langer, buntverworrener Reihe die Bilder ihres Lebens schattenhaft vorüber. Hier lächelten die Spiele der Kindheit sie an, dort saß sie, eine emsige Schülerin, an Ferencz' Seite; auch Antals Züge sah sie lauernd durchs Fenster hereingrinsen, wie damals, als Ferencz zum erstenmal die Liebeglühende umschlang; dann vernahm sie Herrn Steidlers Stimme, die von der Marzipan-Lise erzählte, das Aufstöhnen Ferencz' und das Drohen und Schelten des Vaters, und dann – dann ward es trüb' und dunkel vor ihren Augen, schwarz wie die Nacht, in der sie dem Vaterhause den Rücken kehren sollte, und finster wie die Zukunft, der sie entgegenging.

Viele Stunden mochte sie in fieberhaftem Halbschlummer dage-
legen haben, als von der Stadt her der Glockenschlag Mitternacht
verkündete und sie gebieterisch ins Leben, in die Wirklichkeit zu-
rückrief. Sie raffte sich mit der Entschlossenheit, die alle Erschöpfung überwindet, von ihrem Lager auf, langte nach ihrem Bündel
und mit der Blendlaterne versehen, die sie schon früher auf ihren
nächtlichen Wanderungen begleitet hatte, verließ sie ihr Stübchen.
Auf der Schwelle stand sie still und blickte zurück in den friedli-
chen, trauten Raum des Gemachs, in dem sie heiter und sorglos,
unberührt von allen Stürmen des Lebens, vom Kinde zur Jungfrau
aufgeblüht war, als ob sie jetzt erst, da sie es verlassen sollte, emp-
fände, was sie verließ! Aber Ferencz wartete ihrer, sie durfte nicht
säumen! Sie schritt leise über den Gang hin, den nur der blasse
Schimmer des von dichten Wolken halbbedeckten Mondes erhellte.
An die Tür gekommen, die in das Gemach des Vaters führte, stock-
ten ihre Schritte. Es war ihr, als öffnete sie sich, als träte seine hohe
mannhafte Gestalt daraus hervor, sie zu fragen, was sie suche, wohin sie gehe? Aber es war nur der Wipfel des Lindenbaumes draußen im Garten, der seinen zitternden Schatten auf die Türe hinwarf,
und sie mußte fort, denn Ferencz wartete. Sie war die Treppe hinabgeeilt und nun im Hofe angelangt, wehte ihr die frische Herbst-
luft erquickend und kräftigend entgegen. Sorgfältig den Schimmer
der Laterne verbergend, schlüpfte sie, an den Wänden sich hindrü-
ckend, dem fernen Holzhofe zu; endlich war der Keller erreicht und
pochenden Herzens öffnete sie mit den mitgebrachten Schlüsseln
die Tür. Im Begriff die ersten Stufen hinabzusteigen, war es ihr, als
ob ihr von unten, wo die Treppe zum untersten Geschosse sich
hinabdrehte, ein Lichtschimmer entgegendränge. Was war das?
Von Ferencz, der im Kellerstübchen eingeschlossen war, konnte das
nicht kommen. Sollte ein Fremder in den Keller sich eingeschlichen
haben? Hier war Vorsicht nötig! – Ihre Knie zitterten, aber Mut und
Entschlossenheit verließen sie keinen Augenblick. Sie verlöschte das
Licht der Laterne, damit sein Schimmer sie nicht verrate, und
drückte sich hinter einen Pfeiler, zu erwarten, was da kommen
würde. Aber es kam nichts; alles blieb still und stumm wie zuvor.
Nach einer Weile streckte sie lauschend den Kopf hinter dem Pfeiler
hervor; der Lichtschimmer war verschwunden und nur schwarze
Finsternis glotzte ihr entgegen. Sollte jene Lichterscheinung nur
Selbsttäuschung gewesen sein oder war die veranlassende Ursache

derselben im unteren Kellergeschoß zu suchen? – Mit einem Male erfaßte sie eine niegefühlte Beklommenheit; ihre Pulse hämmerten, ihre Zähne klapperten aneinander; aber Ferencz harrte ihrer und wenn er etwa in Gefahr wäre – - diese Rücksicht überwog alle Bedenken und hastig stieg sie beiläufig die Hälfte der Treppe hinunter, als plötzlich dort, wo die Treppe zum untersten Geschoß hinabbog, sich wieder ein dämmernder Lichtschimmer zeigte, der eine weibliche Gestalt in dunklen Gewändern zu umfließen schien, die mitten auf der Treppe mit weit ausgebreiteten Armen ihr drohend und abwehrend entgegenwinkte. Rasche Flucht war bei diesem Anblick die erste Bewegung des zitternden, halb ohnmächtigen Mädchens, und schneller als sie hinabgestiegen, war sie die Stufen der Treppe wieder hinaufgeeilt. An der halb offenen Kellertür stand sie still; sie schämte sich ihrer Flucht und zweifelhaft, ob sie nicht wieder umkehren sollte, wendete sie sich atemlos, die Hand auf das krampfhaft zuckende Herz drückend, nach rückwärts und sah kaum, betroffen und erstaunt jenen Lichtschimmer abermals verschwunden, als er jetzt auch schon dicht vor ihren Füßen wieder aus dem Boden aufdämmerte und in seinem grauen Schimmer ein Weib vor ihr emportauchte, das, die welken, runzligen Züge grinsend verzerrt, mit stechenden, zornglühenden Augen sie anstarrte und, währen Czenczis Blicke wie magisch angezogen an der feuerfarbenen Schleife ihrer Flügelhaube und ihrem grellgelben Halstuche hafteten, aus dem schwarzen Halbmäntelchen dürre Hände mit gekrümmten, klauenähnlichen Fingern nach ihrem Halse streckte. – Da zuckte es wie ein Blitz durch Czenczis Seele! »Die Marzipan-Lise!« schrie sie gellend auf, sprang zum Keller hinaus, warf die Türe hinter sich zu, wankte taumelnd noch einige Schritte in den Hofraum hinein und brach dann dumpfächzend bewußtlos zusammen.

Zwei Knechte des Hauses, die sich in der Schenke verspätet hatten und lange nach Mitternacht auf Schleichwegen ihr Lager suchten, fanden die erstarrt und wie leblos Hingestreckte, erkannten sie mit namenlosem Erstaunen und trugen sie nach dem Hause zurück, wo alsbald, von dem Lärmen und Jammern der Mägde geweckt, Frau Margit herbeieilte und den ganzen Schatz ihrer Heilmittel an der Bewußtlosen versuchte, ohne sie jedoch aus ihrer todesähnlichen Betäubung erwecken zu können. Selbst die Kunst des mittlerweile herbeigeholten Arztes zeigte sich lange erfolglos, und erst gegen Morgen gelang es der sorgfältigsten Bemühung, in der Ohnmächtigen ein halbes Bewußtsein zurückzurufen, aber nur, um es sogleich wieder in den wilden Phantasien eines wütenden Fieberanfalls untergehen zu sehn. Dem Irrereden und dem ersten entsetzlichen Ausbruche unheimlicher Tobsucht folgte dann bald gänzliche Erschöpfung und dumpfes gedankenloses Hinbrüten, aus dem die Kranke nur, wenn das Gehämmer und Gepoche der Küfer vom Keller her ihr Ohr erreichte, in grauenvollen Zuckungen und krampfhaft ängstlichem Stöhnen emporfuhr, so daß Frau Margit alsbald den Küfern ihre Arbeit gänzlich einzustellen und den Keller zu schließen befahl. Als nun aber der Arzt gegen Abend achselzuckend erklärte, es unterliege keinem Zweifel mehr, daß Czenczi von einem in der Umgebung herrschenden, höchst bedenklichen und mörderischen Nervenfieber ergriffen sei, wurde unverzüglich Herrn Horváth ein reitender Bote nachgesandt, um ihn schleunigst an das Krankenlager seines einzigen Kindes zurückzurufen.

Als Horváth am vierten Tage nach dem Ausbruche der Krankheit wieder in Weßprim eintraf, fand er die Kranke eher schlimmer als besser, noch immer besinnungslos in dumpfer Betäubung daliegend, aus der sie aber regelmäßig gegen Mitternacht in peinlicher Unruhe erwachte, nach den Kellerschlüsseln verlangte, Miene machte, das Bett zu verlassen, und nur mit Mühe zurückgehalten werden konnte, bis sie dann, plötzlich mit einem lauten Angstschrei in sich zusammenbrechend, wieder in den früheren fieberhaften Halbschlummer zurücksank; dabei nahmen ihre Kräfte so sichtlich ab, und ihr Aussehen veränderte sich so auffallend, daß der Arzt nicht umhin konnte, den Zustand der Kranken als höchst bedenklich, ihre Rettung als sehr zweifelhaft zu bezeichnen.

So war die siebente Nacht seit dem Beginne der Krankheit herangekommen. Die Kranke hatte den Abend ruhiger als sonst zugebracht und lag in heftigem Schweiße. Hinter dem Wandschirme, der das Krankenbett umfing, kniete Herr Horváth, der die Erkrankung des geliebten Kindes in verzweifelndem Schmerze einzig und allein seiner lieblosen Härte zuschrieb, und betete brünstig um seine Erhaltung, während Frau Margit, erschöpft von den Anstrengungen sechs durchwachter Nächte, an Czenczis Bett eingenickt war. Es mochte Mitternacht sein, als die Kranke mit einem tiefen Seufzer die

Augen aufschlug und erstaunt und wie allmählich sich besinnend umhersah. Als sie mühsam ihre Gedanken gesammelt hatte, versuchte sie sich aufzurichten, ein Versuch, der bei ihrer Kraftlosigkeit gänzlich mißlang und keine andere Folge hatte, als daß Frau Margit, durch denselben geweckt, emporfuhr und sich besorgt über sie hinbeugte.

Wie froh erstaunt war die gute Alte, als sie den sonst trüb' und gläsern vor sich hinstarrenden Blick des lieben Auges ruhig und klar dem ihrigen begegnen sah, als es ihr leise von Czenczis entfärbten Lippen entgegentönte: »Base, liebe Base Margit!« In einen lauten Freudenruf ausbrechend, umarmte sie die geliebte Kranke; diese aber winkte ihr, zu schweigen. »Ihr müßt mir einen Dienst erweisen, Base,« flüsterte sie in unruhiger Hast ihr zu, »einen wichtigen Dienst! Ihr müßt mir in den Keller hinabsteigen!« – »Ach lieber Gott, nun redet sie wieder irre!« seufzte Frau Margit. – »Nein, ich rede nicht irre!« versetzte Czenczi, »ich weiß, was ich sage, und ich sage Euch, Ihr müßt vollbringen, woran mich gestern mein plötzliches Erkranken verhinderte! Ferencz ist im Kellerstübchen eingeschlossen; Ihr müßt ihn befreien!« – »Gestern? Du Unglückselige!« stammelte Frau Margit, bestürzt die Hände ringend –
In diesem Augenblick wurde der Wandschirm zurückgeschoben und Horváth stürzte nicht minder entsetzt als Frau Margit aus seinem Versteck hervor. »Du barmherziger Gott, Ferencz im Kellerstübchen!« rief er und damit riß er die Kellerschlüssel von der Wand, schrie nach Licht und eilte mit einigen Knechten, die er schleunig geweckt hatte, dem Keller zu.

Es war ein gräßlicher Anblick, der sich ihnen darbot, als sie das Kellerstübchen betraten. Sein unglückliche Bewohner hatte an zwei Stellen die Wände desselben zu durchbrechen versucht und auch die innere Seite der Tür trug sichtliche Spuren der gewaltsamen Anstrengung an sich, mit der an der Öffnung derselben gearbeitet worden war. Erschöpfung schien den Verzweifelnden genötigt zu haben, seine fruchtlosen Bemühungen aufzugeben, denn man fand den Leichnam des unglückseligen Ferencz in seinem Blute schwimmend, auf dem Lager hingestreckt, das ihm von Czenczi zubereitet worden, und auf dem er, sei es, um seinen brennenden Durst mit seinem eigenen Blute zu stillen oder um den Folterqualen langsamen Verschmachtens in diesem Hungerturme durch raschen

Tod zu entgehen, mit einem Taschenmesser sich die Adern geöffnet und in Verzweiflung und Entsetzen geendet hatte.

Czenczi war schon durch die überraschende Erscheinung des Vaters an ihrem Krankenlager und die unwillkürliche Einweihung desselben in ihr Geheimnis aufs tiefste erschüttert worden und hielt nur mit äußerster Anstrengung die Besinnung fest, zu der sie kaum wieder erwacht war. Als nun aber die unbedachte Geschwätzigkeit einer der Mägde ihr die Kunde von dem gräßlichen Ende des Geliebten hinterbrachte, stieß sie einen Schrei aus, geriet in furchtbare Zuckungen und Krämpfe und bald steigerte sich die Wut des Fiebers, in das sie zurückfiel, zu solcher Höhe, daß der Arzt jede Hoffnung aufgab und stündlich ihr Ende erwartete. Allein die Vorsehung hatte anders beschlossen. Horváth, hatte nun Kummer und Schrecken seine Gesundheit untergraben oder vergiftete sie sein hartnäckiges Verweilen am Krankenlager Czenczis, der starke, rüstige Horváth war es, der, von der Krankheit dieser letztern ergriffen, in wenig Tagen ihr erlag, während das schwache Mädchen nach mondenlangem Siechtum siegreich aus dem Kampfe hervorging, in dem sie unfreiwillig um den Preis ihrer Jugend und ihrer Jugendblüte das nackte Leben gewonnen hatte. Sich selbst als Mörderin des Vaters wie des Geliebten anklagend, verlebte sie die Tage des Winters in stillem, dumpfem Trübsinn, dem sie nur zeitweise die Sorge um Base Margit entriß, die, von übermäßigen Anstrengungen und verzehrender Gemütsbewegung erschöpft, nun ihrerseits zu kränkeln und sichtlich hinzuwelken begann. Mit dem herannahenden Frühjahr aber erwachte in Czenczis Seele der Wunsch, den Angehörigen des geliebten Ferencz einen Teil des reichen Besitzes zuzuwenden, den sie einst mit ihm zu teilen geträumt hatte. In der Hoffnung, über den ihr unbekannten Aufenthaltsort derselben vielleicht einige Andeutungen in Ferencz' Papieren zu finden, beschloß sie das Felleisen zu öffnen, das der Hingeschiedene in Base Margits Verwahrung zurückgelassen hatte. Ihre Erwartung wurde auch nicht getäuscht; in dem Felleisen fanden sich wirklich einige Papiere, die zwar auf den Namen Anton Lenhart lauteten, aber nichtsdestoweniger sich ganz entschieden auf Ferencz zu beziehen schienen; eines derselben war nämlich ein Schreiben von weiblicher Hand, womit Anton Lenhart in Beziehung auf eine frühere mündliche Verabredung aufgefordert wurde, nicht zu säumen, sich auf den Weg zu machen und die Straße über Grätz und Marburg nach Kroatien einzuschlagen, denn auf dieser werde er nicht verfolgt werden. Dieser Ermahnung waren einige Worte des Abschiedes und die Erklärung beigefügt, nach dem Vorgefallenen könne eine weitere Verbindung zwischen der Schreiberin des Briefes und dessen Empfänger nicht mehr bestehen; sie bäte ihn daher um Zurückstellung ihres Porträts, wie sie ihm hier das seine zurückstelle. Das dem Brief beiliegende Porträt zeigte aber unverkennbar Ferencz' Züge, der also früher den Namen Anton Lenhart geführt und sich in Steiermark aufgehalten haben mußte. Diese Umstände bewogen Czenczi, die aufgefundenen Papiere an Herrn Steidler, den Geschäftsfreund ihres Vaters, einzusenden und ihn um Auskunft über Anton Lenhart zu ersuchen, obwohl sie nur schaudernd des Mannes gedachte, der einst das furchtbare Bild der Marzipan-Lise ihrer Seele eingeprägt hatte.

Sie erhielt lange Zeit keine Antwort und immer schwerer und finsterer war der Trübsinn, der sich ihrer bemächtigte; immer nichtiger und eitler erschien ihr das Leben, das sie nur noch in Gebeten, Kasteiungen oder an dem Krankenbett der ihrer nahen Auflösung entgegeneilenden Frau Margit hinbrachte. Endlich kam die langerwartete Antwort des Herrn Steidler; in ihr Stübchen zurückgezogen, öffnete sie das Schreiben und durchflog begierig seinen Inhalt; aber bald begann sie so heftig zu zittern, daß die Blätter des Briefes in ihren Händen hin und her rauschten, und immer bleicher und verstörter wurden ihre Züge, je weiter sie las. Endlich hatte sie vollendet und nun warf sie unter einem Strome bitterer Tränen sich auf die Knie, um in heißer Inbrunst zu dem gerechten Richter zu beten, der sie zum willenlosen Werkzeuge seiner Rache gebraucht, der sie gezüchtigt und gerettet, der sie dunkle Wege, aber zum Lichte geführt hatte. Dann erhob sie sich, warf den empfangenen Brief und das Porträt, Ferencz', das sie von Herrn Steidler zurückerhalten hatte, ins Feuer und sah zu, wie die Flamme knisternd und knatternd es verzehrte. Denselben Abend verschied Frau Margit still und schmerzlos in Czenczis Armen. Der Tod hatte das letzte Band irdischer Neigung gelöst, das die Unglückliche noch ans Leben fesselte; sie sah darin einen Fingerzeig, sich allein und für immer Gott zuzuwenden. Am nächsten Morgen verschrieb sie ihre ganze reiche Habe dem Kloster der Cistercienserinnen im Tal zu Weßprim, in dem sie bald darauf den Schleier nahm, den Rest ihrer Tage in Gebet und Buße für das eigene Vergehen und für das Seelenheil des gerichteten Mörders hinzubringen, den die Menschen nicht erreicht, den aber Gott gefunden hatte.

Über tredition

Eigenes Buch veröffentlichen

tredition wurde 2006 in Hamburg gegründet und hat seither mehrere tausend Buchtitel veröffentlicht. Autoren veröffentlichen in wenigen leichten Schritten gedruckte Bücher, e-Books und audio-Books. tredition hat das Ziel, die beste und fairste Veröffentlichungsmöglichkeit für Autoren zu bieten.

tredition wurde mit der Erkenntnis gegründet, dass nur etwa jedes 200. bei Verlagen eingereichte Manuskript veröffentlicht wird. Dabei hat jedes Buch seinen Markt, also seine Leser. tredition sorgt dafür, dass für jedes Buch die Leserschaft auch erreicht wird.

Im einzigartigen Literatur-Netzwerk von tredition bieten zahlreiche Literatur-Partner (das sind Lektoren, Übersetzer, Hörbuchsprecher und Illustratoren) ihre Dienstleistung an, um Manuskripte zu verbessern oder die Vielfalt zu erhöhen. Autoren vereinbaren direkt mit den Literatur-Partnern die Konditionen ihrer Zusammenarbeit und partizipieren gemeinsam am Erfolg des Buches.

Das gesamte Verlagsprogramm von tredition ist bei allen stationären Buchhandlungen und Online-Buchhändlern wie z. B. Amazon erhältlich. e-Books stehen bei den führenden Online-Portalen (z. B. iBookstore von Apple oder Kindle von Amazon) zum Verkauf.

Einfach leicht ein Buch veröffentlichen: **www.tredition.de**

Eigene Buchreihe oder eigenen Verlag gründen

Seit 2009 bietet tredition sein Verlagskonzept auch als sogenanntes "White-Label" an. Das bedeutet, dass andere Unternehmen, Institutionen und Personen risikofrei und unkompliziert selbst zum Herausgeber von Büchern und Buchreihen unter eigener Marke werden können. tredition übernimmt dabei das komplette Herstellungs- und Distributionsrisiko.

Zahlreiche Zeitschriften-, Zeitungs- und Buchverlage, Universitäten, Forschungseinrichtungen u.v.m. nutzen diese Dienstleistung von tredition, um unter eigener Marke ohne Risiko Bücher zu verlegen.

Alle Informationen im Internet: **www.tredition.de/fuer-verlage**

tredition wurde mit mehreren Innovationspreisen ausgezeichnet, u. a. mit dem Webfuture Award und dem Innovationspreis der Buch Digitale.

tredition ist Mitglied im Börsenverein des Deutschen Buchhandels.

Dieses Werk elektronisch lesen

Dieses Werk ist Teil der Gutenberg-DE Edition DVD. Diese enthält das komplette Archiv des Projekt Gutenberg-DE. Die DVD ist im Internet erhältlich auf **http://gutenbergshop.abc.de**

Zeitfracht Medien GmbH
Ferdinand-Jühlke-Straße 7
99095 Erfurt, Deutschland
produktsicherheit@kolibri360.de